OS HUNGARESES

Suzana Montoro

OS HUNGARESES

Rocco

Copyright © 2013 by Suzana Montoro

Direitos desta edição reservados à
EDITORA ROCCO LTDA.
Av. Presidente Wilson, 231 – 8º andar
20030-021 – Rio de Janeiro – RJ
Tel.: (21) 3525-2000 – Fax: (21) 3525-2001
rocco@rocco.com.br
www.rocco.com.br

Printed in Brazil/Impresso no Brasil

A Ilusão do Migrante. In *Farewell*, de Carlos Drummond de Andrade,
Companhia das Letras, São Paulo.
Carlos Drummond de Andrade © Graña Drummond
www.carlosdrummond.com.br

CIP-Brasil. Catalogação na fonte.
Sindicato Nacional dos Editores de Livros, RJ.

M796h	Montoro, Suzana, 1957-
	Os hungareses / Suzana Montoro. – Rio de Janeiro: Rocco, 2013.
	14 cm x 21 cm
	ISBN 978-85-325-2835-3
	1. Ficção brasileira. I. Título.
13-1233	CDD-869.93
	CDU-821.134.3(81)-3

"Projeto realizado com o apoio do Governo do Estado de São Paulo,
Secretaria de Estado da Cultura – Programa de Ação Cultural – 2010."

para Maria, Klara e Suzana Lakatos

Quando vim, se é que vim
de algum para outro lugar,
o mundo girava, alheio
à minha baça pessoa,
e no seu giro entrevi
que não se vai nem se volta
de sítio algum a nenhum.

Que carregamos as coisas,
moldura da nossa vida,
rígida cerca de arame,
na mais anônima célula,
e um chão, um riso, uma voz
ressoam incessantemente
em nossas fundas paredes.

Carlos Drummond de Andrade,
"A ilusão do migrante"

Parte I

Como se caminhasse sobre nuvens, Rozália atravessa dias e noites andando de lá para cá, de cá para lá. É uma mulher magra, muito magra, de aparência frágil. A força está no olhar azulado e na voz, apesar de extremamente suaves.

Jamais se senta. Quando cansada, se deita na cama de guardas altas, espremida entre travesseiros e gatos, dorme um par de horas e depois, sem sobressaltos, volta à vida desperta e reinicia a viagem. Em passos miúdos visita suas plantas, olha as árvores, rodeia a casa e vai de um portão a outro percorrendo o itinerário do extenso terreno situado entre duas ruas. Às vezes, como um pêndulo que marca o inexorável avanço dos anos, seu corpo também oscila, perde momentaneamente o equilíbrio e ela caminha para trás em busca de prumo. Retomado o eixo e a direção, Rozália reinicia a jornada com um pulinho, pequeno salto no nada, como se procurasse a meada dos pensamentos enredados em alguma lembrança que reluta em vir à tona. Assim ela cruza o tempo e cumpre a rotina de caminhar e caminhar. Come o mínimo possível, apenas para manter o vigor que a permita percorrer o labirinto da memória e desenrolar o fio que marcou o traçado de sua vida. Entretida nas lembranças, não se deixa interromper. Se preciso, faz ouvidos moucos a quem tenta trazê-la à superfície do presente. Mas às vezes é ela quem quer contar alguma coisa. Comportas abertas, Rozália narra um episódio e deixa o passado irromper em detalhes, o risco do bordado sendo redesenhado com a mão trêmula e a suave voz de passarinho. Quando termina a história, diz que viveu o que tinha de viver e agora tudo ficou para trás. O que resta é o roteiro da viagem que percorre pelo quintal da casa, em volta da cozinha, ao redor de seu quarto.

Uma filha diz que a mãe escuta uma música na cabeça. A outra diz que a mãe foi programada para dizer não. Eu, a caçula, não digo nada. Atenta ao que ela conta, me deixo conduzir, seguindo o fio dos relatos. Ficou ao meu cargo costurar nossa história.

# Parte II

1

Rozália nem era nascida quando Rózsa, a única irmã de sua mãe, saiu de casa disposta a palmilhar esse vasto mundo de deus em busca do pai, um pacato carpinteiro que deixou a aldeia natal para construir estradas de ferro.

Naquela época, em que o mundo era menos habitado, uma linha de trem contava com estações onde homens se sentavam para matar o tempo acompanhando o caminho do sol. Foi de uma estação, a única do povoado, que o pai de Rózsa partiu. Ela, menina ainda, agarrada a ele sem querer soltar, como se soubesse que bastaria largar o braço do pai para perdê-lo de vista para sempre. A lembrança que guardou foi da fumaça escura e grossa engolindo trem, pai, apito. De fora apenas os trilhos, o ferro reluzente por onde escorriam as lágrimas e, dizem, também o seu juízo. A partir daí Rózsa começou a desvairar. Saía cedinho de casa, ia bem para lá da estação, longe o suficiente para não ouvir os gritos da mãe chamando-a de volta, e sentava-se nos trilhos, ora num ora noutro, olhando atentamente para frente, altiva e grave como se cumprisse um desígnio sagrado. Ficava sentada debaixo de chuva, debaixo de sol, no frio ou no calor, esperando pelo trem que traria o pai de volta. Passados alguns meses a mãe já nem se importava em chamá-la, sabia que no fim do dia a filha retornava. Nem ninguém mais do povoado se abalava com Rózsa e sua figura sentada ao longe nos trilhos, na entrada do vilarejo. Ela parecia fazer parte da paisagem assim como a pequena colina que se elevava mais adiante, a curva da estrada que trazia as novidades da cidade grande ou a cerca de madeira que dividia o quintal das duas igrejas, a católica e a protestante.

Com o passar dos anos, Rózsa e sua espera já não faziam nem mais vista. Mas o dia em que olharam para os longes e não viram o contorno dela desenhado no horizonte, todos se alarmaram. Alguma coisa não estava no lugar. Tempo em que o povo ainda era bastante falador, o diz que diz foi imediato e bem mais audível do que o apito do trem indo embora. A notícia da partida de Rózsa se fez ouvir pelos quatro cantos. Ninguém sabia dizer se ela fora no trem ou saíra andando, se levava ou não mantimentos, se ia só ou andava junto dos gansos de sua mãe. A única coisa que sabiam ao certo era o que iam inventando para poder costurar bem costurada a história e não deixar ponto sem nó. Vez ou outra alguém chegava da cidade com uma novidade sobre o rastro da jovem e era mais pano para manga. Foi assim que ela virou lenda no povoado. Quando minha mãe nasceu lhe deram o nome de Rozália, uma homenagem à sua tia Rózsa, que ela só foi conhecer anos depois.

A aldeia natal de minha mãe fica distante do oceano, um vilarejo incrustado nos Bálcãs, na bacia do Danúbio, assentado sobre a discreta colina, com uma rua larga de ponta a ponta margeando o canal do esgoto e, de um lado e outro, diversas vielas e atalhos que foram criados de acordo com a necessidade e conveniência dos habitantes.

Naquela época o povoado tinha poucas mas seguras referências. A estação ficava no alto da colina de onde se avistavam o aglomerado de casinhas espalhadas, o pequeno rio que escoava aos pés do vale e, ao longe, a geografia de fronteiras incertas. O inverno era rigoroso e o verão, tórrido. As chuvas castigavam a aldeia dias a fio no início do verão e as ruelas perdiam contornos, transformando-se em percursos lamacentos por onde as águas escoavam sem critério algum e desenhavam veios tão profundos que alteravam irremediavelmente a vizinhança. O que antes era uma passagem segura se transformava em beco sem saída e o que costumava ser uma rua precisa enchia-se de curvas e buracos de tal maneira que, de uma chuva para outra, os caminhos tinham de ser reinventados. Até que a arquitetura pluvial alterou tanto o traçado do cemitério que os corpos que lá jaziam não podiam ser encontrados com acerto. Ninguém gostou de não ter mais segurança ao prantear os próprios mortos. Foi o tempo de começar a cavar valas para direcionar o caminho das chuvas. As ruas não perderam mais os contornos, mas a lama continuou a cobrir o chão da aldeia no verão. Com o fim das águas o barro secava e as ruas ganhavam coloração pálida, amarelada e ressequida como a pele dos velhos, os profundos sulcos marcando a passagem do tempo. Ano após ano o mesmo ciclo de águas e seca, depois o inverno com a pouca neve que caía e enfim a primavera carregada de flores que se espalhavam também sem nenhum critério.

Assim era a aldeia de Rozália, um lugar que parecia estar à mercê dos caprichos da natureza, das vicissitudes e sobretudo da ambição dos homens que volta e meia se altercavam em guerras e disputas, modificando fronteiras e nacionalidades. Foi dessa maneira que minha mãe nasceu húngara e, de um dia para o outro, com a mesma naturalidade com que se acorda todas as manhãs, virou iugoslava.

༄

No primeiro dia iugoslavo da aldeia, ao chegar à escola levei um tapa na mão quando disse o costumeiro bom-dia, *jó napot*. Em húngaro não, agora temos que falar em servo-croata, a professora sussurrou em meu ouvido. Olhei atônita, o que eu podia dizer se não sabia falar coisa alguma na língua sérvia? Ao mudar-se de país, muda-se de idioma, ela ficou repetindo diante de nós, uma classe petrificada e muda. Era o mesmo que voltar para trás e começar tudo de novo, seja criança seja velho, todos iguais nos primórdios do novo idioma. Tínhamos de aprender a nos expressar na nova linguagem.

Ninguém mais conseguia se entender, parecia uma epidemia de equívocos e quiproquós. Éramos todos estrangeiros na própria terra, órfãos da língua materna. Não podíamos falar o que sabíamos e não sabíamos falar o que podíamos. Foi como se o céu desabasse e cobrisse a aldeia com um manto de mudez. O que tinha de ser dito passou a ser feito por gestos e conhecemos um novo silêncio, o silêncio opaco de vozes humanas, mas repleto de barulhos. Barulho de vento, de trem, de passos de gente e passos de bicho, barulho de miado, ganido, mugido, de choro faminto e de choro manhoso, os barulhos do sono, o ronco dos velhos, o ressonar das senhoras, os sons das folhas balançando, da água caindo, do balde mergulhando no poço, e de tanto escutarmos fomos aprendendo a ouvir também os sentimentos por meio da respiração, a distinguir entre o palpitar do cansaço e o da emoção e a escutar o ronco da fome, o sobressalto do medo, o suspiro do alívio e até o som do pensamento passou a ser ouvido. Depois dos sons vieram os cheiros, um desdobrar de odores em que cada barulho, cada acontecimento, cada dobra de caminho estavam acompanhados do respectivo cheiro. Como uma sinfonia de sensações. Fomos descobrindo tantos e infinitos cheiros que não haveria idioma algum que pudesse nomear a todos. Sinais e mímica transbordavam e eram precisos na tradução de um odor, um som, um sentimento.

Ficamos assim, conversadores sem fala, mas cheios de gestos. Eu gostava disso, da conversa sem som, do que se lia na prega da sobrancelha, no desenho da boca, no arfar da respiração. Qualquer coisa queria dizer algo. Aprendi a escutar com os olhos, a ler com o nariz, a ver com os ouvidos. A gramática dos sentidos. A partir de então tudo na nossa aldeia era possível. Acho que teríamos nos tornado para sempre um povo mudo não fossem as distâncias que impediam o reconhecer das faces e cheiros. Aos poucos, e com igual desembaraço, fomos retomando o uso das palavras. O resultado de tudo foi uma língua nova, mistura dos dois idiomas, um dialeto com vocabulário pobre. Tínhamos aprendido outras maneiras de conversar.

༜

Minha mãe foi sempre mais calada. Gostava de cantar, mas era de pouca conversa. Passava as tardes cuidando dos gansos e dando longos passeios aldeia afora. Quando voltava todos sabiam que por aí vinha Rozália, antecedida pelo estrondoso grasnar dos bichos. A herança da tia andarilha estava presente no sangue e no nome, mas o povo, já pouco falador e mais condescendente com o inusitado depois da mudança de nacionalidade, olhava Rozália com bons olhos. Não havia quem não se encantasse com aquela figura miúda, de longos cachos dourados, que apesar de sempre sozinha parecia nunca estar só. Caminhava rodeada de bichos. Quando não eram gansos era um ou outro cachorro atrás dela como abelha rondando mel. E adorava cantar. Na época da mudez, Rozália, como todos na aldeia, aprendeu a cantar só para si, a música tocando e ela cantarolando a melodia, tudo na cabeça. À noite, antes de dormir, repassava várias canções em silêncio. Sua mãe, só pelo olhar adivinhava a melodia e cantava com a filha um breve estribilho antes de apagar a lamparina e desejar-lhe boa-noite. Rozália escutava então o barulho da mãe passando a tramela na porta de madeira e em seguida deitando-se na grande cama que ficava aos pés da sua. Sentia-se segura. Quando despertava de manhã e a mãe ainda não tinha se levantado, passava para a cama dela e escutava as histórias sobre o avô que fora construir linhas férreas para nunca mais voltar e sobre Tia Rózsa, a andarilha que há muito tinha partido em busca do pai, mas que prometera à irmã mais velha voltar algum dia. Rozália sabia que essa data chegaria. Só não sabia que estava tão próxima.

Foi numa manhã em que o vento frio anunciava a proximidade do inverno. Rozália acordou com o grasnar dos bichos na porta da casa. Como a mãe não fizesse menção de levantar-se, ela mesma foi olhar a razão de tamanho alarido. Abriu a parte de cima da porta e não viu nada além da bruma espessa da madrugada que aos poucos se abria para a claridade do dia. Dona de um faro aguçado como todos da aldeia, sentiu um cheiro que não conhecia. Respirou com força o ar frio e confirmou a novidade. Um cheiro ignoto, mistura de mato, terra úmida e suor, com uma pitada do aroma que a mãe exalava sempre que recordava o passado. Rozália espreitou a passagem apertada que dava na rua, tudo quieto, também os gansos já silenciosos. Voltou para a cama, mas não pregou mais os olhos. O cheiro desconhecido adensou-se, entrou pelas frestas da parede, insinuou-se pelos desvãos do soalho, tomou conta da casa. Um cheiro tão compacto e cerrado que parecia engolir tudo. Rozália fechou as pálpebras com força como se o olfato entrasse pelos olhos. Quis cantar, não lhe ocorreu nenhuma canção. Chamou pela mãe uma, duas, três vezes até que pulou para a cama dela e sentiu o cheiro áspero que se desgrudava do corpo da mãe. Assustada, soltou um grito, afiado e estridente como um raio, que pareceu ter atravessado os Bálcãs e alcançado o mar. Seguiu-se o espasmo do susto, a respiração em suspenso de toda a aldeia até que o povo saiu à rua e viu a pequena Rozália chorando, os gansos ao redor, e a tia andarilha que, chegando da mesma maneira que havia partido anos atrás, anunciava em tom monocórdio a morte da mãe da menina.

No dia mais triste de minha vida, vi Tia Rózsa pela primeira vez. Ela chegou no momento em que minha mãe morria. Disse que veio vindo, sentindo um apelo não sabe de onde. Acho que foi minha mãe que a chamou para não deixar o espaço vazio. Não fosse sua chegada, eu teria caído naquele buraco escuro que se abriu dentro de mim. Tia Rózsa me deixou gritar toda a raiva e susto que eu sentia, depois me pegou pela mão e fomos alimentar os gansos. Minha tristeza era funda, mas ela sabia me alcançar e me trazer de volta à superfície. Até que eu aprendi a fazer isso por conta própria. Cuidou de mim de um jeito diferente, nunca quis se passar por mãe, lugar de mãe é o único que fica intocado para sempre. Não me deu colo, mas me ensinou a não me sentir sozinha. Mesmo estando só. Quando ela está longe, sinto-a por perto. Nossa afinidade vem de muito antes de nos conhecermos. Acho que vem do meu nome, que é continuação do nome dela. Rózsa, Rozália.

෴

Apesar de tia e sobrinha nunca terem se visto antes, os laços de sangue e a semelhança dos nomes ditaram a intimidade e harmonia com que conviviam. Como dedos da mesma mão ou mãos de um mesmo corpo, Rózsa e Rozália estavam sempre juntas e cercadas por gansos, cachorros, gatos, pássaros e, muitas vezes, criançada pulando ao redor. Os adultos não levavam Rózsa a sério, poucos lhe davam ouvidos, exceto Gedeon, um homenzarrão com olhar de menino que gostava de construir bicicletas e de acompanhar em lentas pedaladas os passeios das duas. Judith, a vizinha de

Rozália, também ia junto, procurando pela filha namoradeira. Já as demais mulheres da aldeia, zelosas, preferiam espreitar tia e sobrinha a uma distância segura.

A tia, faladeira contumaz, passava o tempo todo contando histórias de suas andanças e das pessoas que encontrara pelo caminho, tantos húngaros que tinham sido forçados a mudar de nacionalidade, apátridas à deriva em uma terra movediça, e muitos outros que partiam para além-mar, um lugar distante no hemisfério sul onde não havia neve nem frio e as pessoas eram tão ricas que as roupas podiam ser usadas apenas uma vez e depois jogadas fora. O olhar de Rozália se alumbrava, também queria ir. Um dia nós iremos, iremos sim, vamos levar os gansos e quem sabe encontrar o meu pai lá, a tia dizia, dando uma gargalhada sonora e desdentada que eriçava a pelugem dos gatos.

Em suas caminhadas pelos arredores da aldeia, Tia Rózsa levava uma grande cesta nas costas para colocar frutos, flores, pedras, bichinhos, pedaços de barro, qualquer coisa que atraísse sua atenção. Junto ao hábito de recolher coisas, foi introduzindo a pequena Rozália na arte da leitura da natureza, de saber diferenciar ervas de matos, bicho bom de bicho ruim, de saber enxergar na cor do céu as horas do dia, no desenho das nuvens a estação do ano, no traçado das estrelas o destino dos homens. O que está acima está abaixo, o caminho do chão segue o riscado das estrelas, ela sentenciava, experimentando um fruto desconhecido e espichando o olhar para longe, altiva como nos tempos em que esperava pelo pai carpinteiro sentada nos trilhos. Rozália ouvia atenta e nunca duvidava das palavras da tia. Tinha aprendido com a mãe que cada um enxergava o mundo como bem lhe apetecia. Com o surto de mudez se acostumara a ouvir e a cheirar para conhecer a vida e com a tia estava aprendendo a olhar para tudo o que havia, de pedra a montanha, de bicho a planeta.

Foi assim que Rozália antecipou a chegada de um pelotão de soldados ao povoado, sem saber ao certo se o que sentiu primeiro foi o trepidar do chão, a névoa poeirenta que avançava ou a profusão de cheiros que os homens traziam aderido ao corpo como se fosse uma segunda pele. Avisou a tia que muita gente nova estava chegando e a tia avisou Gedeon, que a bordo da bicicleta tratou de espalhar a novidade. No dia seguinte, quase todos do vilarejo estavam no alto da colina para saudar uma tropa tão exausta quanto atônita. A algazarra de boas-vindas confundiu-se com o tropel dos homens. A banda da aldeia, uniformizada, tocou o hino da escola e crianças recitaram a canção nacional, sendo que todas as vezes em que a palavra húngaros aparecia, a professora acenava para a banda e um estardalhaço de tambores e pratos ribombava vale afora, abafando as vozes.

Não eram tempos de guerra propriamente ditos, mas de quando em quando manobras assim eram realizadas como forma de aplacar o apetite bélico da nação. Desta vez, graças ao senso premonitório de Rozália e ao caráter peculiar dos habitantes da aldeia, o que seria um mero treinamento de rotina acabou se transformando numa festividade que perdurou por sete dias inteiros e alterou a vida do povoado. Era como se fosse um domingo após o outro. A escola permaneceu fechada, as duas igrejas foram enfeitadas com guirlandas de papel, por sobre as portas das casas penduraram arcos com ramagens e muitos colocaram adornos coloridos nas roupas, uma fita, uma flor, qualquer adereço que indicasse simpatia à festividade. Foi uma explosão de alegria embalada pelas sanfonas e violinos de tantos ciganos que iam chegando.

Muitos anos depois, já no Brasil, Rozália costumava dizer que o carnaval fora inventado em sua aldeia natal. Mas naquele tempo nem ela nem ninguém do povoado sabia o que era carnaval. Nem Tia Rózsa, que já tinha andado por tantas veredas. Mesmo sem o saber, eram todos foliões por excelência. Como se algum vento arrevesado dos Bálcãs, abrandando os altibaixos, tivesse revelado o outro lado da moeda, o cunho festeiro de um povo intrinsecamente sisudo e sucumbido. Foram sete dias de festa. Mais do que isso, foram esses sete dias que determinaram o rumo da vida de Rozália, mas isso ela só percebeu muito depois quando, ao puxar o emaranhado de fios das lembranças, encontrou aí a ponta de uma meada, o olho do redemoinho que a levou para tão longe.

Numa época em que as notícias viajavam no vento passando de boca em boca e se espalhando pelo vale, muitos campesinos chegaram para comemorar sem estranhamento algum. Afinal, aquele era um povo novidadeiro, que sentia cheiros e calava palavras. Foi um chegar sem fim de gente vinda de todos os lados, de lugares remotos incrustados nos montes ou derramados pela planície, gente que ia em busca de nacionalidade pisando numa terra elástica onde as fronteiras alargavam e encolhiam feito acordeão. Todos à procura da identidade, da pertinência. Peregrinos gregários, assim Tia Rózsa os definia. Gostava de olhá-los desde a colina. Eram contas de um colar ondulando sobre os Bálcãs. De um ponto estratégico, como se fizesse as honras da casa, Rózsa os recebia, os andrajos de cigana e o sorriso desdentado.

No alvorecer do sexto dia da festa, Tia Rózsa chamou Rozália e Gedeon e foram os três em direção aos limites da aldeia, Gedeon empurrando a bicicleta, Rozália na garupa e Tia Rózsa andando na frente, o mesmo olhar brioso com que costumava olhar para os longes, uma ave de rapina esquadrinhando os recantos do vale. Na entrada do povoado, bem perto da estação, falou que era chegada sua hora de partir, Rozália não tinha com que se preocupar, o lugar estava repleto de novas pessoas e, além disso, o pai da menina, ausente há tanto tempo, havia regressado à aldeia. Gedeon, a expressão abatida, recebeu o papel sebento que Tia Rózsa entregava, a posse da casa, guarde-a para a menina. Sem dizer mais palavra, dilatou as narinas puxando o ar ruidosamente, lambeu a ponta do indicador e estendeu-o no ar buscando a direção do vento. Depois, saiu caminhando, o xale pendendo das costas como uma vela enfunada pela aragem do mar.

Rozália acenou e nada disse. Parecia saber de antemão que o passo oblíquo da tia novamente encontraria o seu. Sem alarido nem perplexidade, subiu na garupa da bicicleta e voltou com Gedeon para a aldeia, o barulho da festa abafando o eco da partida de Tia Rózsa.

∽

Você só consegue enxergar com clareza o que te aconteceu quando olha de longe, distanciada no tempo. Mas Tia Rózsa, com seu jeito andarilho, me ensinou a olhar com clareza para o que está acontecendo no presente. O carnaval da aldeia foi como um prisma que alterou a cor local e também a minha vida. Talvez porque enxergasse que tudo estaria mudado depois, vivi o solto daqueles dias sem pressa. Primeiro foram os soldados chegando com as botas sujas, pareceriam mais um bando de peregrinos não fosse pelos uniformes. Em seguida vieram os ciganos trazendo a música, a dança e todas as cores de roupas e panos. Nunca tinha visto tanta gente junta. Tudo era festa e renovação. Tia Rózsa gostava de ver desde o alto da colina as pessoas chegando. A mim, o que me encantava, era olhar a aldeia de cima e escutar o rumor contínuo e indefinido do movimento de gente e suas coisas, um barulho de vida diferente do conhecido. Tia Rózsa ter ido embora era coisa esperada, querer que ela ficasse num lugar por muito tempo seria o mesmo que tentar mudar a direção do vento com as mãos. Ou ela partiria ou o chão teria de se mover. Não era uma separação definitiva, isso eu sabia. O que me espantou foi a vinda de meu pai. Eu o tinha por desaparecido para sempre, perdido em alguma guerra e, quando apareceu, tive que reaprender a ser filha. De um dia para outro ganhei família e isso abriu espaços dentro de mim. Meu pai era um homem grande e autoritário que me olhava com curiosidade e pouco falava. Logo me afeiçoei a Lajos, meu meio-irmão, ele tinha um olhar ao mesmo tempo pidão e travesso e um jeito de se aninhar pelos cantos que o fazia igual a um bichinho. A madrasta chegou escura e amarga. Não encontrei espaço para ela entre os meus guardados. Tampouco soube criar-lhe lugar novo.

༄

Os festejos terminaram com todos vencidos pelo cansaço. A aldeia parecia dilatada pela presença dos visitantes que por lá se instalaram. Aos poucos, como peças de um quebra-cabeça, os forasteiros foram se encaixando aqui e ali, de acordo com seus ofícios e conveniências, e a aldeia foi retomando o ritmo, um novo ritmo cotidiano. Tudo nos conformes. Exceto para a vizinha Judith, que temia que a filha fugisse com algum cigano, e para Rozália, que vivia agora com três novas pessoas: o pai, a esposa dele e o filho do casal. De imediato, começou a chamar János de pai. Aprendeu com o pequeno Lajos. Já a madrasta, seria Tereza para sempre.

 Minha mãe conta que foi nessa época que teve o primeiro sonho com bichos. Um sonho penetrante que anos depois ela comparou com a música do mar batendo nas rochas. A imagem dela cercada de cães e gatos e a voz da Tia Rózsa dizendo que enquanto houvesse bichos, haveria vida. Um sonho que voltou a sonhar a vida inteira, um seixo que iria deslizar com ela ao longo dos dias. O cenário mudava, a luz diáfana variava de tom, mas a imagem era sempre a mesma. Desde então, Rozália nunca mais se separou de cães e gatos. Foram dezenas deles. O primeiro *kutya*, cachorro, foi Bélés, um cobertor peludo e inteirinho preto que apareceu, não se sabe como, logo após a morte de sua mãe.

Nos dias subsequentes aos festejos da aldeia, Bélés passou a latir para qualquer estranho que passasse e a procurar abrigo debaixo da cama de Rozália. O hábito trouxe o primeiro desentendimento com a madrasta, que tinha repulsa por qualquer animal. Rozália não era de briga. Acatou cabisbaixa a proibição de animais dentro de casa. E deduziu que o azedume da madrasta vinha da sua repugnância por bichos. Eu não quero que você chegue perto desse bicho!, Tereza dizia incessantemente para o filho Lajos, o meu Tio Luiz. Ele cresceu ouvindo isso, mas foi o mesmo que vento ponteiro soprando em direção contrária a que se navega. Tio Luiz puxou da meia-irmã o apego aos animais domésticos. Pequeno ainda, gostava de se aninhar por entre os pelos de Bélés. Ficavam os dois, menino e cachorro, enrodilhados no alpendre até que Tereza enxotasse o cachorro a vassouradas. O menino, desconcertado, se punha ao lado do fogão, ganindo gemidos curtos e repetidos. A primeira vez em que ouviu esse lamento, Tereza assustou-se, pegou o filho no colo, encheu-o de beijos, prometeu-lhe compota de maçã e uma vida melhor, perto da civilização e do cinema. Mas ao perceber que quando contrariado o filho gania, achou que isso era por culpa da proximidade do cachorro; se Lajos não visse o animal, nem se lembraria de ganir. Falou com o marido, que desse um jeito na situação. Rozália, na cama, escutou a conversa entrecortada e presumiu que coisa boa não viria. Na manhã seguinte, János saiu com o cachorro dizendo que ia à casa do pastor de ovelhas e voltou sozinho. Rozália nunca mais viu Bélés. E Lajos continuou a ganir feito cão sem dono por quase toda a vida. Sempre que ficava triste. Eu mesma presenciei isso por várias vezes. Tio Luiz ganindo feito bicho triste.

Minha mãe sempre se perguntou se a madrasta a tratava tão mal por não gostar dela ou de seus bichos. É certo que ela não gostava de ninguém do povoado, chamava todos de um bando de ignorantes que nunca tinham assistido a um filme. E logo ela, que tinha sido bilheteira do cinema da cidade e se dizia acostumada a perder o olhar na amplidão de uma tela, nunca se conformaria de só enxergar pela frente aquela maldita aldeia de deserdados. Palavras que naquele tempo Rozália ainda não entendia. Tampouco entendia porque tinham se mudado para a aldeia, já que gostavam tanto da cidade grande. Gedeon explicou que teriam retornado por causa da casa, mas ele jamais entregaria a János o papel de posse que Tia Rózsa o incumbira de guardar. A casa seria de Rozália por muitos anos, até a vinda da família para o Brasil. Tempo suficiente para que o pai nunca mais perdesse a filha de vista.

Depois das festividades, a vida no povoado já não era tão pacata como antes. A escola tinha mais alunos e, além dos acampamentos dos ciganos com seu burburinho peculiar, diversas moradias simples e minguadas foram erguidas pelos caminhos que antes Rozália trilhava com Tia Rózsa. Um dos novos habitantes da aldeia instalou-se com a família no cemitério, num quartinho onde eram guardadas pás, enxadas e outros trastes próprios de enterros. Com a ajuda dos três filhos, o novo habitante aumentou uma das paredes, caiou a tapera, construiu um forno de barro e um banheiro de um dos lados da casa e, do outro, fez a horta. Como a perplexidade era estado de pouca monta na aldeia, o inquilino vivo do cemitério – que passou a ser chamado de Coveiro, foi acolhido como integrante da comunidade e o cemitério passou a fazer parte dos caminhos usuais do povoado. Quem queria ir da rua das duas igrejas para a rua do canal não precisava mais descer até o largo do quiosque. Poderia cruzar pelo cemitério e caminhar bem em cima da trilha que Coveiro tinha feito. E de tantos passos que passaram, a trilha foi se alargando até virar rua. De um lado e de outro as cruzes, os túmulos, as flores e, nesse entorno, a casa. Um trajeto que Rozália gostava de fazer com seus gansos.

Anos depois, quando fui para a aldeia em busca do passado de minha mãe, passei pelo que tinha sido um dia esse caminho. O que vi foram algumas flores silvestres, lápides e túmulos carcomidos e muito mato, um mato viscoso, aderido às ruínas como cracas incrustadas nos vestígios da memória de Rozália. Ainda restavam as paredes do que foi um dia a casa de Coveiro, meu avô. As paredes, os restos de um fogão e, do lado de fora, o enorme forno de barro onde meu avô produzia carvão ajudado pelo filho mais velho, István. Minha mãe lembra-se dos dois sempre com o negrume do carvão na roupa e na pele, enquanto András, o caçula de pele alva, quase transparente, estava sempre impecavelmente limpo, uma brancura calcária que acentuava ainda mais a pretidão do entorno.

Rozália gostava de olhar o carvão sendo preparado, pedras incandescentes que luziam, piscavam e terminavam se apagando como estrelas ao amanhecer. Ao redor da fornalha, os toquinhos já frios de carvão que ela podia pegar à vontade e com os quais tentava desenhar. Ou melhor, copiar os desenhos que József, o filho do meio do Coveiro, passava os dias rabiscando. Lá mesmo no cemitério, por sobre túmulos e pedras sepulcrais. József, com poucos traços e sem se borrar na escuridão dos carvões, desenhava tudo o que havia. Olhava e pronto. Como se os olhos fossem um par de lentes fotográficas. E Rozália imitava, seguindo os conselhos de József. Não faça força, é só deixar a mão acompanhar o traçado com a mesma leveza que os olhos o veem, ele ia dizendo enquanto ela sentia sobre a sua a mão de József, suave como asas de uma borboleta. Assim, num voo de dedos, os rabiscos ganhavam forma.

Tardes e tardes de desenho no cemitério, os gansos, algum cachorro, ela e József. Uma convivência que parecia ter existido desde sempre. Mas era um outro tipo de convivência, uma intimidade diferente da que tivera com Tia Rósza ou tinha com Gedeon ou com o irmão Lajos. Rozália experimentava uma sensação nova, uma urgência de estar junto a József e um fogacho pelo corpo que não arrefecia mesmo que distante do ardor dos carvões. Mesmo que dormisse e acordasse. Mesmo que bebesse toda a água da aldeia. Era sede que não saciava.

෴

Eu ficava maravilhada vendo József desenhar. Um risco aqui, outro acolá e, num instante, como passe de mágica, a paisagem aparecia refletida no papel. Quando se olha de fora é assim, parece que não foi feito nenhum esforço e tudo é fácil. Eu tentava fazer igual a ele, mas ao pegar no carvão já aparecia o desajeitado das mãos, era como se segurasse um prego entre os dedos. O risco saía igual ao que eu enxergava ao longe, um borrão vago e sem contornos. Foi nessa época que descobri minha miopia. Até então achava que o mundo visto a distância era impreciso e a paisagem não passava de uma mistura de cores e formas justapostas, parecendo grossas pinceladas. Só o de perto podia ser olhado com nitidez. Mas o que os desenhos de József revelavam era um mundo exato. Desisti de tentar desenhar, mas aprendi a ver através dos desenhos. Eles se tornaram a tradução da realidade que eu não enxergava. Como os óculos que uso para ver de longe. Foi assim desde então, os desenhos de József estampando o mundo para mim. Ele fazendo os rabiscos e eu ao lado, numa espera que nos resguardava. Por essa conversa muda, íamos nos relacionando. Eu parecia flutuar, de tão leve me sentia. Estar com ele naqueles dias era completo, o mundo tinha se alargado e cabia inteiro em suas mãos e no calor que me abrasava.

※

O pai de Rozália não via com bons olhos o relacionamento com o filho desenhista do Coveiro. Para ele, Rozália representava muito mais do que a continuidade de seu nome. Era a perspectiva de um futuro promissor que deveria ser coroado por um bom casamento, quem sabe com um oficial do exército ou um médico. Como não conseguia arrancar de Gedeon os papéis da casa, um genro polpudo poderia ser a salvação. Tinha feito de tudo na vida, mas nada lhe rendera um centavo. Tinha escapado de ser pastor de ovelhas como o pai, avô e bisavô, tinha se casado com a mãe de Rozália e partido para a guerra pouco depois do nascimento da menina, tinha andado com ciganos por boa extensão dos Bálcãs e, quando por fim teve um filho com a jovem bilheteira do cinema, a idade pesou nas pernas e ele sucumbiu ao destino de pai e chefe de família. Sem ofício e sem ganha-pão, vagou durante muito tempo com a mulher e o filho em busca do sustento até ouvir falar sobre a morte da mãe da menina. Decidiu voltar para a aldeia onde certamente teria lugar para morar. Chegou durante os festejos e assim que soube da partida de Rózsa, a cunhada por quem sentia repulsa e um medo dissimulado, János se instalou com a família na casa de Rozália. Sem perguntar, sem se explicar. Como quem volta ao lar depois de uma longa viagem, ele entrou escancarando a porta e pisando firme. Olhou em volta com satisfação, comentou que a casa estava bem conservada e só então viu a menina plantada feito um tronco ao lado da porta. Mandou-a pegar a mala e depois acender o fogo para preparar alguma comida. Como Rozália não se mexesse, chegou bem perto, repetiu as ordens e emendou com um obedece porque eu sou teu pai, menina. Enérgico e ameaçador. Bem diferente do avô que conheci anos depois, um homem já alheio, entorpecido, o olhar acinzentado e modorrento que para tudo fazia vista grossa.

Quando János voltou à aldeia, pouca gente se lembrava dele. Houve até quem duvidasse de que fosse o pai de Rozália. Mas Gedeon nunca se esquecera daquele homem de mãos grandes e ossudas que há muito lhe tinha roubado o aro de uma bicicleta; apesar de tê-lo visto empurrando o aro através dos veios lamacentos da rua, nada disse. A vida deu suas voltas e no dia em que János foi assuntá-lo a respeito dos papéis da casa, Gedeon apenas olhou-o e novamente calou. Só que desta vez com altivez.

 Coveiro também foi de pouca conversa quando János o procurou querendo saber das intenções do filho desenhista com a sua Rozália. Isso lá é assunto dos dois, o meu é fazer carvão, foi o que Coveiro respondeu, passando o dorso ressequido da mão pela testa, um gesto usual que fazia mesmo quando longe da quentura do forno. Mas de algo serviu o interesse do pai nos destinos da filha. Alguns dias depois, o filho desenhista de Coveiro apareceu na casa de János. Não tinha o aspecto carvoento nem a enorme envergadura do pai. József era franzino, de estatura baixa, os olhos negros e miúdos, mais apertados ainda frente ao olhar inquiridor de János. Antes de falar repetiu com suavidade o gesto do Coveiro, passando pela testa o dorso de uma mão alvíssima de dedos alongados. Pedia permissão para namorar Rozália, os dois se gostavam e ele já tinha arrumado emprego com o alfaiate, iria desenhar os moldes das roupas. Ora essa, e de que serve desenhar moldes se você não sabe coser? E desde quando desenho é ofício de homem? János perguntava arrebatado, o dedo em riste balançando de indignação, enquanto a esposa Tereza assentia com a cabeça e Rozália, do lado de fora da casa, espiava com o irmão através da porta entreaberta. Nessa época, ainda restava em János algum vigor para sustentar a soberba, embora o olhar arrogante e os modos ríspidos não passassem de pose quixotesca. Como lentas pás de um moinho, József levou uma mão à testa e depois a outra, tentando conter o suor que brotava por todos os poros e lhe secava a garganta. Sem dizer palavra, saiu da casa, reeditando assim o tempo de mudez. Mas a ausência de palavras não pôde calar o que lhe saltava pelos olhos. Não era raiva nem medo, e sim uma determinação que János não viu, e mesmo que visse não decifraria, ainda que vivesse por duzentos anos mais. Rozália, do canto onde estava acocorada, enxergou em József um brilho igual ao que vira nos olhos de Tia Rózsa quando ela estava para partir, um olhar que se lança como seta e varre imensidões até ancorar-se em horizontes vislumbrados unicamente em devaneios.

Foi com esse olhar transido de sonho que poucos dias depois József partiu da aldeia. No mesmo trem que um dia levara o pai de Tia Rózsa. Do alto da colina, Rozália olhou o trem passar, mas não acenou. Mesmo sabendo que József iria aprender as artes da costura na cidade grande, achou que linhas férreas só serviam para descoser destinos e maldisse raivosa tanta ida e vinda de gente. Sem saber que seria este o risco do bordado da sua existência. Um contínuo passar de pessoas e lugares, uma vida aos quatro ventos, como Tia Rózsa me disse uma vez. A mesma vida que eu levaria, anos depois. A vida no teatro mambembe.

༄

Eu não disse nada. Não disse bom-dia, não respondi ao que meu pai me perguntava. Fiquei parada diante do fogo olhando para a quentura e me sentindo gelada por dentro. Apesar dos olhos em chamas. Eu tinha chorado durante a noite inteira, nem sei se de raiva, saudade ou medo. Medo de nunca mais rever József. Depois saí de casa e subi a colina. Lá de cima avistei o povoado, mas não era essa paisagem que eu queria ver. Olhei para o outro lado, para os trilhos do trem que rasgavam o vale e se perdiam numa lonjura que eu não enxergava. Fiquei olhando mesmo assim. Sentada no alto da colina, olhando para a direção da partida do trem. Da partida de József. Não sei quantos dias e noites fiquei naquele lugar. Gedeon vinha me ver todos os dias, trazia a comida que meu pai enviava e ficávamos os dois sentados sem dizer palavra, olhando o caminho do trem e o caminho do sol. Dois caminhos que não terminavam em lugar nenhum, apenas seguiam. Dia após dia, eu sentada. Olhando e imaginando o que não enxergava, olhando e criando histórias na minha cabeça. Só para não me lembrar de József. Não chorei mais. Sentia tristeza, mas era como se estivesse flutuando num balão de ar, vazia demais para chorar. Teve um dia em que Gedeon trouxe Lajos e uma cadelinha. Comecei a olhar para o que estava perto. Vi a cadelinha e Lajos brincando um com o outro, próximos a mim, eu não precisava fazer nenhum esforço para enxergar. Olhava para eles como olhava para os desenhos que Joszéf fazia. Sem pressa. Na hora de ir embora, Lajos começou a ganir. Queria ficar. Não sei o que senti, mas parecia que debaixo da mágoa nascia um entusiasmo miúdo. Olhei a paisagem que eu mal distinguia, apenas intuía, e foi como se nessa forma disforme eu visse Tia Rózsa, a mesma imagem do meu sonho, enquanto houver bichos em volta, haverá vida. Sem alarde nem surpresa, subi na garupa da bicicleta com a pequena cadela nos braços, Lajos se equilibrou no cano e Gedeon nos levou de volta a casa colocando ponto-final na minha sina contemplativa. Mas não na solidão que se transformou num oco, um peso vazio na barriga. Não era fome nem medo. Era, sim, um poço sem fundo, um céu sem estrelas. Um buraco que eu nunca soube como tapar. Por mais que tentasse. Isso ninguém nunca me ensinou, nem minha mãe, nem Tia Rózsa. A única forma de aquietá-lo é sair andando. Como se esse buraco pudesse se encher de caminhos e paisagens.

De volta à aldeia, Rozália continuou levando a mesma vida. Só que agora tinha um ar ausente. Parecia sempre distraída e passava horas fazendo a mesma coisa. Quando varria a casa, ia à escola ou cuidava dos gansos, tinha a mesma expressão abandonada de quando a madrasta ralhava com ela. Como se o mundo fosse um amontoado de coisas inexplicáveis, um suceder de minutos a serem atravessados num espaço delimitado. Nada para ela parecia ter muita importância. E foi quase com desinteresse que, numa tarde, enquanto limpava o banheiro nos fundos, ouviu os gritos que vinham da casa ao lado. Pareciam até uivos, de tão agudos e tristes. Pensou em Lajos, se o irmão ouvisse um lamento desses, era bem possível que começasse ele também a ganir. Entrou na casa vizinha ainda com a vassoura na mão e viu Judith na cama, chorando e puxando os próprios cabelos como se quisesse arrancá-los. Ao ver Rozália, ela levantou-se, tirou-lhe a vassoura e começou a bater com o cabo em si mesma. A porta escancarada do pequeno guarda-roupa mostrava um armário quase vazio. Aos prantos, Judith contou que a filha tinha ido embora de novo, só que desta vez era para sempre. A menina vestira todas as roupas que pôde, uma sobre a outra, e ela nem desconfiou ao ver a filha saindo pela porta da frente, alegre e dissimulada como quem vai dar um passeio.

Rozália preparou um chá de maçã para a vizinha que continuava com a choradeira, lamuriando-se do abandono da filha, da morte do marido, da pobreza, uma lenga-lenga de desgraças que ia desfiando em voz monótona e contínua numa maneira tão húngara de ser.

Já era quase noite quando Rozália foi buscar um prato de comida para a vizinha e só então reparou no pequeno grupo que se espremia para olhar, a porta da casa entreaberta. Sem fazer caso de ninguém, voltou com a comida, mas aí já teve de se apertar entre muitos até conseguir entregar o prato a Judith. Uma pequena multidão reunida para escutar a cantilena. No dia seguinte, Rozália levou outro prato de comida e encontrou um novo tanto de gente ouvindo os lamentos da vizinha. Foi assim durante a primeira semana, as pessoas se espremendo na casa para escutar o que Judith dizia, mas ninguém entendendo o que seria aquele palavrório desconexo e interminável. Começaram a achar que se tratasse de uma missa ou alguma manifestação de cunho religioso e houve até quem dissesse ter visto por lá alguma entidade celestial. Mais do que depressa os curiosos passaram a se aglomerar em busca de redenção e, na esperança de levar um pouco da benção que julgavam espargida sobre o lar de Judith, começaram a arrancar pedaços do reboco das paredes e torrões do chão de terra batida. Em poucos dias não havia quase nenhum habitante da aldeia que não guardasse consigo um pedaço da casa de Judith. Como costumava acontecer na aldeia, a novidade se diluiu. A ladainha, repetida à exaustão, passou a fazer parte da vida como já tinha acontecido com Tia Rózsa, com Coveiro e a casa no cemitério, com os ganidos de Lajos, e tudo o mais que à primeira vista pudesse causar alguma estranheza. Judith ficou só, entre as paredes carcomidas e o chão esburacado que restaram de sua casa, acompanhada apenas do próprio choro, um uivo agudo e monótono sempre no início da noite, que lembrava o arrastar de correntes. Ninguém mais fazia caso, exceto um ou outro transeunte que ao passar arrancava sem convicção algum pedaço da parede, apenas descascava o reboco, saía com o fragmento na mão e mais adiante o atirava ao largo sem nem se dar conta do que fazia.

Rozália continuou levando diariamente o prato de comida para a vizinha. Ver aquele rosto sulcado e murcho não lhe causava sentimento algum, apenas a intrigava. Achava que lamentar a falta da filha dessa maneira era tão inútil quanto soprar contra o vento. Servia mais para acentuar a ausência. Era o mesmo que ficar cutucando um formigueiro, como Lajos gostava de fazer, só para ver a enorme quantidade de pontinhos pretos andando desorientados de um lado a outro. Rozália quis dizer tudo isso para a vizinha. Mas Judith não escutaria nada a não ser o repetir do próprio lamento que ela assanhava mais e mais.

Até hoje minha mãe não sabe dizer por que decidiu ir embora da aldeia naqueles dias. Sempre que fala disso, fica esfregando a ponta dos dedos como quem esfarela pão. Parece examinar na própria pele os vestígios de suas escolhas. Certa vez, já no Brasil, Tio Luiz interpelou-a com energia sobre o assunto. Estavam numa discussão acalorada. Era a primeira vez que eu o via brigando ao invés de ganir. Minha mãe reclamava por ele ter destruído o pequeno canteiro de morangos, parecia fora de si com aquela porção de frutos ainda verdes na mão, dizendo que o irmão, desde pequeno, sempre atrapalhara a vida dela. Tio Luiz, num repente de raiva que nada tinha a ver com seu temperamento, agarrou-a pelo pulso, arreganhou os dentes caninos e perguntou se ela também não tinha atrapalhado a vida dele quando foi embora sem nem ao menos se despedir. Mas eu voltei!, minha mãe respondeu ríspida. Depois, olhou para os morangos na mão, com um gesto de desdém jogou-os no chão e saiu andando para o sítio dos hungareses, coisa que fazia sempre que se sentia acossada pelo passado. Ou sempre que o buraco da solidão a espremia. Caminhava os cinco quilômetros que separavam as duas casas, a do sítio e a da cidade, às vezes pernoitava no sítio e ficava uns dias por lá. Outras vezes voltava de imediato, arejada. Um hábito de andar para organizar as ideias, ou apenas para esquecê-las.

Talvez tenha sido apenas por esse motivo que naquele dia, depois de levar o prato de comida para Judith, Rozália tenha partido da aldeia. Não se despediu de ninguém porque não sabia que demoraria a voltar. Saiu para caminhar e no trajeto decidiu continuar até encontrar Tia Rózsa ou, quem sabe, József. Judith, ao vê-la chegar com o prato de comida, notou alguma coisa diferente no olhar de Rozália e lembrou-se da expressão da própria filha ao partir. Mais do que depressa, vestiu um por cima do outro seus três vestidos e, mastigando os bocados de comida, que colocou de uma vez na boca, saiu atrás de Rozália em busca da filha fugida. A cadelinha foi junto. Lajos, entretido dentro de casa, não percebeu nada. Apenas na manhã seguinte se deu conta do sumiço da irmã e da cachorra. Procurou por Gedeon, que tampouco sabia do paradeiro de Rozália.

Foi então que Lajos começou a ganir. Ganiu durante uma semana, ininterruptamente. Depois disso calou-se e ficou prostrado na cama, mudo, olhos no vazio. Dias e dias sem se mexer. O médico receitou-lhe compota de maçã. Lajos, depois de comê-la, voltou a ganir e continuou deitado. O médico retornou, realizou um exame mais acurado e concluiu que a origem da enfermidade do menino era o clima da região. Bem provável que ele não resistisse muito tempo caso não se mudasse para outro lugar. Melhor viver nos trópicos ou perto do mar, foi a decisão final do doutor, pronunciada com o rigor de um veredicto inapelável. Tereza gostou da ideia de distanciar-se do vilarejo que tanto detestava, mas não podia imaginar-se morando em outro lugar ainda mais remoto como lhe parecia ser o mar. János também gostou da ideia, mudar de paisagem era um hábito seu, mas ponderou se não seria melhor ficar onde tinha teto garantido e não tomou nenhuma atitude. Era sempre assim quando ele não sabia o que fazer, dizia que o melhor era não se mexer até saber aonde ir. Esse ensinamento, o pequeno Lajos, obstinadamente, estava pondo em prática.

Minha mãe conta que andou durante dias, seguida da cachorra e de Judith mais atrás. Não planejava a direção, apenas ia caminhando por uma paisagem que aos poucos se aplainava, as pequenas colinas dando lugar a uma planície amarelada e indolente, espigas de milho e girassóis ondulando pelo campo. Rozália não sentia cansaço, sono ou fome, a única sensação era o oco que pesava na barriga, aquele buraco que aparecera pela primeira vez na partida de József. Quando escurecia e paravam para dormir, a vizinha recomeçava a ladainha. Com o passar dos dias, talvez pelo cansaço da viagem ou até mesmo pelo fastio da própria lenga-lenga, as palavras de Judith começaram a ser ditas pela metade. Em seguida foram se abreviando mais e mais até se tornarem murmúrios acompanhados por gestos peculiares das mãos, como se entrelaçasse invisíveis fios com os dedos. Por fim, ficaram apenas os gestos e os movimentos da boca repetidos sem descanso, um pranto mudo e seco que Judith ia espalhando pela planície poeirenta. Rozália dava água e frutos na boca da vizinha e por vezes, à noite, segurava-lhe as mãos tentando dar trégua à infindável teia que a consumia à medida que era tecida. Um dia Rozália acordou e não viu Judith. Caminhou pelas redondezas, chamou, olhou para todos os lados e nada. Judith tinha desaparecido, silenciosa como o seu lamento. A cachorra junto. Só então Rozália notou que tinha se afeiçoado às duas. Sem querer.

Na aldeia, Lajos continuava entorpecido, um *kutya* ganindo sua tristeza. Coisa que não alterou em nada a vida do povo, acostumado desde o tempo da mudez com as maneiras pouco usuais de expressão. Apenas o filho mais novo do Coveiro, András, acossado por igual sentimento de abandono e pela necessidade de movimento, ia à casa de Lajos e sentava-se na soleira da porta para ouvir o menino ganir. Tereza já não podia mais com aquele uivo pertinaz e monocórdio do filho, um som que ela abafava com travesseiros e panos, mas que se ampliavam em seus ouvidos como se toda ela não passasse de uma caixa de ressonância. Temendo enlouquecer, engoliu o orgulho e pediu ajuda a Gedeon, que fosse atrás de Rozália e a trouxesse de volta. Gedeon, uma vez mais, saiu pedalando em busca da menina. Por garantia, levou bem dobrados no bolso da calça os papéis da casa que Tia Rózsa lhe dera para guardar.

⁂

Caminho porque preciso. Alguma coisa se completa no momento que saio andando. Quando o mundo está aberto, sem fronteiras, me sinto leve. É quase uma necessidade. De estar livre em mim. Ou livre de mim. Caminhar preenche meus vazios da mesma maneira que me liberta dos meus vazios. Não sei se isso foi herança de Tia Rózsa, uma sina andarilha que se repete a cada geração, ou se foi alguma coisa que descobri sozinha. Pode ser um instinto, talvez, singelo como beber água. A sede de mim eu sacio caminhando. Gosto de sair andando, mas não saio andando a esmo. Mesmo que pareça uma caminhada sem rumo, preciso de motivo. Quando saí caminhando pela *puszta*, a estepe – era assim que Tia Rózsa chamava os caminhos por onde perambulava, fossem eles quais fossem, eu sentia uma necessidade de preencher o vazio de tanta partida, de tanta gente que desaparecia da minha frente como se fossem águas de um rio passando. De todos os que partiram, apenas meu pai tinha voltado. Queria que voltassem também minha mãe, Tia Rózsa, József, Bélés. E depois a vizinha Judith, que de um dia para o outro desapareceu levando a cadelinha. A mesma que Gedeon trouxe com Lajos quando eu estava sentada no alto da colina. Lembrar do meu irmão naquela lonjura me trouxe um sentimento novo, uma carícia que começou delicada e depois foi se adensando e tornou-se uma presença aguda e estridente no pensamento. Sempre foi assim com Lajos. Nunca me foi possível estar separada dele. Mesmo que distante. Não havia mais os lamentos de Judith, mas a presença da ausência de Lajos se transformou num sino repicando. Fiquei preenchida e pude seguir adiante. Silenciosa e atenta. Por fora a paisagem de altos e baixos por onde caminhava. Por dentro, os vazios e os cheios que me completavam.

∽

Rozália seguiu, cumprindo o destino errante da família. Da mesma maneira que acontecera com Tia Rózsa, também ela encontrou pelo caminho famílias expatriadas que, feito manadas, vagavam para distâncias indefinidas. Povos misturados e confundidos atravessando campos poeirentos. Apesar da ausência de pátria, tinham sua própria identidade. Não havia anonimato. Como nos habitantes da aldeia natal, Rozália foi reconhecendo em todos os que encontrava o mesmo desprendimento, a mesma porosidade que absorvia com igual desembaraço o espírito gregário e a solidão. A mesma falta de perplexidade que, como um traço genético, eu herdei da minha mãe.

Rozália misturou-se a uma família numerosa que vinha dos lados da Transilvânia e ia em direção ao mar, pegar um navio rumo a América. Seguiu com eles, vagando pelas planícies amareladas. Ainda que continuasse empenhada na procura por Judith, a convivência estreita que travou com uma criança romena, Maria, acompanhada pelo irmão gêmeo, fez soar cada vez mais audível em sua cabeça a ausência de Lajos. Era como se pudesse ouvir através dos Bálcãs o ganido choroso do irmão. O mesmo lamento que Gedeon, já não tão distante, trazia no pensamento enquanto pedalava em busca de Rozália.

E para comprovar que o mundo é deveras pequeno e que os caminhos terminam todos em um só, como costumava apregoar Tia Rózsa em sua sabedoria andarilha, foi essa pequena romena Maria que, anos mais tarde, numa terra ainda remota e desconhecida para eles, tornou-se minha madrinha, sem batismo e nenhuma celebração além do acordo tácito entre ela e minha mãe. Esse período de caminhada foi uma passagem peculiar para Rozália. Ela pouco fala do assunto, diz que é uma lacuna na memória, mas isso é apenas a aparência, pois quando se refere a esses dias, posso entrever, na expressão distanciada do seu olhar, um tesouro escondido no mais fundo das lembranças. Talvez a culpa por abandonar Tio Luiz, que nunca a perdoou, tenha sido a pedra que soterrou de vez a recordação desses dias. As poucas coisas que sei do período foi Tia Maria quem me contou durante as tardes no sítio. A brisa suave a remetia às andanças pelos Bálcãs e aí ela falava da vida errante que levavam, dos dias secos, da algazarra, das danças e da cantoria noturna, da hora de levantar acampamento quando os adultos começavam a limpar e guardar os instrumentos musicais. Recorda que minha mãe, no mais das vezes calada, gostava de cantar e volta e meia andava pelo acampamento como se procurando por alguém. A vida se resumia a andar, brincar e dançar no entender da criança que era Maria. Foi nessa época que Rozália aprendeu a pensar com a mentalidade de vários povos. O que foi valioso em sua chegada ao Brasil, anos depois.

Em uma das noites de cantoria no acampamento, Rozália e Maria, dançando ao som dos violinos, foram se distanciando do grupo e deram com uma sombra que, através da penumbra noturna, Rozália reconheceu. Era Gedeon e sua bicicleta. Ambos recobertos de poeira. O homem que percorreu uma vastidão de caminhos em busca de Rozália, apenas a olhou, deu um sorriso recatado, cumprimentou Maria com um menear de cabeça e ofereceu a garupa à minha mãe que, outra vez sem receio nem alarde, sentou na armação enferrujada e lá foram os dois cumprir o caminho de volta, ora andando, ora pedalando, um e outro lado a lado, poucas palavras e o mesmo entendimento no regresso necessário para que a vida de cada um seguisse seu traçado.

Quando penso em Gedeon é como se pensasse não em um homem, mas num mito ou num sentimento em forma de homem. Vejo-o enorme, grandalhão e desajeitado, montado em sua bicicleta, protegendo minha mãe. Não sei bem por que, mas sempre que sinto aquele frio na barriga antes de entrar em cena é nele que penso, imagino-o dependurado nas alturas com sua bicicleta, olhando por mim.

❦

Com Gedeon eu me sentia segura. Um homem grande e desajeitado e também um homem doce, de uma doçura rudimentar e óbvia. Nunca olhei para ele como se olha para um pai. Era um sentimento diferente, uma entrega calada, displicente até, um viver segundo a ordem do mundo, sem desmandos. Todo ele era um enorme sim. Estarmos juntos cruzando o caminho de volta através da *puszta* fazia parte da ordem natural das coisas. Quando chegamos ao alto da colina e ele se despediu de mim, tudo parecia no lugar, o entorno da aldeia com seus barulhos, o meu regresso e a partida dele. Cada um foi para um lado, não olhei para trás, mas escutei o ranger dos pedais se distanciando à medida que eu avançava no meu caminho de volta. Perto de casa, ouvi a cantilena de Lajos, que silenciou assim que pus os pés na soleira. Ele veio correndo ao meu encontro com o olhar canino e a fidelidade incondicional. Não me perguntou nada, não disse nada, apenas sorriu e ficou dando voltas ao meu redor. Ele sabia ser alegre de uma maneira pura. Saímos de casa, atravessamos o canal e, antes de chegar ao cemitério, senti o cheiro da fumaça azulada da fábrica de carvão. Eu sabia que József não estaria lá. O que eu queria era estar com ele em pensamento e sentar no mesmo lugar em que desenhávamos e nos sujávamos de carvão. Ao me aproximar do local e da lembrança, todo aquele calor voltou, mas não era por causa do forno, era uma quentura no peito, ardendo feito brasa. Acho que foi daí que se formou esse escavado que tenho entre os seios. Um vazio que às vezes se incendeia. Mas para quem vê de fora é só um afundado, uma aparência sem transtorno.

༄

Na viagem de regresso através da *puszta*, Rozália e Gedeon continuaram procurando por Judith, continuaram encontrando ciganos e migrantes e, por uma vez, acreditaram ter visto Tia Rózsa num ponto distante, a figura altiva e andrajosa olhando para longe como um comandante no alto da gávea do navio. Se não era ela de fato, era a mesma imagem que os dois guardavam na memória. E isso os aproximava. Chegaram à aldeia às duas da tarde de um dia quente. No alto da colina, Rozália parou para olhar a paisagem familiar, o contorno das casas, as ruas e os caminhos esburacados, o canal, tudo deserto àquela hora do dia. Conheceu a sensação prazerosa de ter um lugar, uma casa, uma aldeia, um endereço. Uma sensação que ficou para sempre. Mesmo que nunca mais voltasse a senti-la. Gedeon esperou em silêncio como se soubesse que naquele instante ela estivesse matando uma fome que seria permanente a partir de então. Só quando fez menção de seguir caminho foi que ele se despediu e entregou os papéis da casa para minha mãe. Queria continuar vagando pelos campos, tinha se habituado a essa vida de horizonte sem parada. Talvez quisesse encontrar a amiga andarilha. Rozália sabia que o povoado onde viviam era pequeno demais para a envergadura de Gedeon. Também ele, depois da convivência com Tia Rózsa, tinha espichado o olhar para longe. Rozália guardou os papéis da casa, deu as costas para o amigo e saiu andando, decidida e vazia de pensamentos. Já conseguia ouvir os ganidos do irmão e apressou o passo em direção a casa.

Ao vê-la, Lajos imediatamente parou com a cantilena que repetia há dias e se pôs ao seu lado, o jeito canino, o olhar atento e alegre. Juntos para não mais se separarem. Para ambos, as mesmas linhas do destino.

A vida na aldeia continuava a mesma na aparência. O apito do trem em movimento, o som límpido dos sinos das duas igrejas, a campainha da escola seguida da algazarra das crianças, o grasnar entrecortado dos gansos e, para Rozália, um silêncio particular, cheio de ausências. Lembrou-se da tia andarilha e estranhou não sentir sua falta, era como se ela estivesse sempre prestes a chegar. Foi por levá-la assim, tão próxima na lembrança, que Rozália voltou à rotina sem sobressaltos. Como se nunca tivesse partido nem chegado. Lá desde sempre. Deve ter sido nesses dias que minha mãe aprendeu em definitivo o seu jeito de estar na vida, uma maneira peculiar de conviver com o tempo. O tempo de fora e o de dentro. O de fora no presente, o aqui e agora, e o de dentro numa dimensão atemporal, a vivência das lembranças que perpassam os sentidos como as músicas que escutava dentro da cabeça ou os cheiros que de repente faziam seus olhos brilharem. E em qualquer condição, sempre a mesma disposição colossal. Para passar pelo que tivesse de passar. Como repetiu tantas vezes para nós diante das fatalidades e alegrias da vida.

Distante dali, a paisagem da *puszta* continuava desenhando encontros e desencontros. A família de Maria, como tantos outros húngaros da Romênia, seguia em direção à Itália. Maria estava acostumada com essa vida itinerante de festas e caminhos, tinha uma alegria que não se desmanchava diante de nada. O único fato que a entristeceu naqueles dias foi a ausência de Rozália. Não era exatamente a partida da amiga que a deixava desgostosa, mas sim ela partir sem dizer adeus.

Em sua vida errante já sabia que não se despedir era deixar ponto sem nó, era carregar uma presença ausente por todo o lugar aonde fosse. Além do irmão gêmeo, sempre por perto, Maria passou a ter a companhia invisível de Rozália. Que a acompanhou anos a fio até o dia em que se encontraram de novo e Tia Maria quis então dizer o adeus de há muito. Teve de esperar outro tanto. Há adeuses que independem de vontade própria. Partidas também.

Gedeon nunca mais foi visto por minha mãe ou por qualquer outra pessoa que trouxesse notícia de seu paradeiro. Quando estive na aldeia muitos anos depois, encontrei um homem corpulento e doce que me acompanhou em sua bicicleta e que se parecia muito com a descrição que eu conhecia de Gedeon. Talvez fosse um descendente dele ou de qualquer outro homem da aldeia que, como eu, revelava na aparência e nos gestos o atavismo daquela geração.

Tia Rózsa contou-me um dia que ainda esteve mais uma vez com Gedeon. Ou quase esteve. Ela andava por uma cidade próxima à aldeia natal, uma cidade grande. Durante o dia perambulava pelas ruas olhando as pessoas como olhava para tudo, natureza, bicho, céu. Tinha os lugares preferidos, a praça onde descansava, o poço em que matava a sede e o canto de pernoite na estação de trem, lugar em que sempre se sentiu à vontade. Essa era especial, suficientemente espaçosa para que ela se aconchegasse sem ser incomodada nem incomodar. Uma manhã, ao sair da estação, viu a bicicleta encostada na grade. Poderia distinguir a bicicleta de Gedeon entre centenas. Chegou perto, sentiu o cheiro e não teve sombra de dúvida. A visão poderia pregar-lhe peças, mas o olfato jamais. Era a bicicleta dele. Saiu para o dia sem preocupação. O amigo estava por perto, logo se avistariam. Quando voltou à noite, a bicicleta não estava mais. Poderia haver inquietação, mas não para ela, que acompanhava os movimentos das pessoas como quem acompanha o ir e vir das ondas do mar. Alguns dias depois, de novo a bicicleta no mesmo lugar. Tia Rózsa viveu seu dia e ao voltar no final da tarde a bicicleta continuava lá. Foi dormir e deixou um canto ajeitado para Gedeon, caso aparecesse no meio da noite procurando abrigo. Nos dias subsequentes, a bicicleta continuou no mesmo lugar. Tia Rózsa achou por bem deixá-la mais abrigada e colocou-a do lado de dentro da estação, junto à entrada da plataforma, onde poderia ser vista da rua. Assim, Gedeon a encontraria quando voltasse. A bicicleta passou a fazer parte da vida de Tia Rózsa como faziam todos os trastes que ela carregava no enorme cesto de palha. Cuidou dela, limpou-a, lustrou os aros, tirou o barro dos pneus, só não tocou no selim e no guidão, impregnados pelo cheiro de Gedeon. Durante o período em que viveu na estação, todas as noites ela ajeitou um canto para o amigo. Mesmo que ele nunca tivesse aparecido. A bicicleta com o cheiro dele era o mesmo que tê-lo por perto. Quando foi embora da cidade, seguindo a sina andarilha, pensou em sair pedalando para encurtar as dobras dos caminhos, mas desistiu imaginando que Gedeon pudesse aparecer em busca da bicicleta. Rasgou então o couro do selim e levou junto com ela. Melhor do que fotografia, ela falou, ao me mostrar o pedaço de couro velho e puído, um trapo esgarçado que segurava com delicadeza entre os dedos como se fosse um pedaço vivo de pele a ser enxertado quando do retorno do amigo. Durante o período na estação ela de fato esteve com ele, embora sem vê-lo. Disse que se arrepende por ter deixado a bicicleta quando partiu; está convencida de que era um presente de Gedeon. Agora é apenas a lembrança que ela carrega imóvel na memória.

Lajos foi quem mais se alegrou com a volta da irmã. E por tão feliz, não a largava. Aonde ela ia, ele a acompanhava. Nunca ao lado, sempre alguns passos atrás, numa distância cautelosa. Não que evitasse importuná-la. Apenas se precavia de ser enxotado como via serem enxotados cachorros que andavam a esmo farejando o calcanhar das pessoas. Assim que a irmã saía de casa, mesmo que muito cedo, ele ia atrás. No meio da manhã, já tinham a companhia de um ou dois cachorros. Ao final do dia, havia uma meia dúzia deles rondando Rozália. E quando voltavam para casa, cães e gansos se roçavam, alguns se estranhando, mas era coisa pequena; no mais das vezes cachorros, gansos, o pequeno Lajos e Rozália conviviam em perfeita harmonia.

Foi aí que apareceu Lobo, um filhote de pastor-alemão que passou a noite misturado aos gansos e, na manhã seguinte, saiu com Rozália, Lajos mais atrás. Durante dias, isso se repetiu. O olhar de Lajos era para os pés da irmã, onde ela pisasse, ele a seguia. Às vezes se confundia com os passos de Lobo, que passava por entre as pernas de Rozália como fazem os gatos. Quando sentavam, era o cachorro que escolhia o lugar primeiro, sempre mais perto de Rozália do que Lajos. O que parecia estar a contento de todos. Cada um em seu lugar, cada qual com sua função. De novo, Rozália criava em torno de si uma harmonia que parecia resistir às desventuras e dar leveza ao cotidiano. Parecia uma vocação para a felicidade, a despeito de qualquer condição adversa.

Talvez tenha sido o período mais feliz da vida de minha mãe. Não que ela o diga com palavras. Quando fala desses dias há na sua voz uma modulação mais pausada e um balançar no tronco quase imperceptível, como se dentro dela vibrasse uma ressonância de felicidade. Da mesma felicidade que sentiu quando, num fim de tarde, entrou em casa carregando a pilha de roupa lavada e, mesmo estando com a visão encoberta por lençóis, camisas e saias, enxergou sem ver, na beirada do fogão, o seu József. Mais magro, mais lânguido, constrangido diante do pai dela, mas dessa vez sem calar. Nas mãos delicadas, mostrava o diploma de alfaiate que János pegou, olhou com desinteresse e devolveu. Para ele aquilo não passava de um pedaço de papel com letras rebuscadas que de nada serviria para o sustento de uma família. József concordou, um menear de cabeça discreto, e em seguida, com a mesma determinação com que um dia tinha partido, entregou outro papel, a encomenda da feitura de uma farda para o chefe de polícia. E isto pode ser apenas o começo, pois caso ela saia bem cosida, serei encarregado de enfardar todo o batalhão. János voltou a examinar József com altivez e, ainda sem baixar a guarda, pegou o segundo papel, chegou perto da janela para ver melhor e foi só aí que Rozália e József se olharam.

A tensão no ambiente era quase palpável, nenhum dos dois ousou esboçar qualquer movimento, enquanto uma inquietação os queimava. Aguardaram imóveis até que János devolveu o papel, pôs as duas mãos sobre os ombros de József, que sustentou a pressão, e rematou satisfeito que ele tratasse de caprichar e fizesse a tal farda com a mesma precisão com que desenhava. Melhor do que isso, disse József, farei tão perfeita que será igual a uma pintura. Rozália soltou a respiração contida, sorriu, o pai foi buscar os copos e fizeram o brinde com *házi pálinka*, a aguardente de pêssego feita em casa, que József tomou então pela primeira vez e, ao contrário do que poderia ter imaginado, desceu-lhe amena pela garganta, agradável como o contato de seda na pele. Brindaram ao fardamento do batalhão. Na intimidade, cada um fez o brinde pessoal. József à Rozália, János a um genro abastado. Tereza não quis brindar, parece que na sua balança a felicidade de Rozália não era considerada. Rozália ao beber sentiu o ardor do álcool misturado com a quentura que a incendiava por dentro. A quentura da *pálinka* passou logo. A de dentro durou a vida inteira. Quando longe de József, quando perto de József, não importava. Outra marca sua, porém invisível.

Rozália e Lobo estavam sempre juntos. Lajos acompanhava os dois, porém um pouco mais afastado, posição sempre favorável para não perder a irmã de vista nem correr o risco de vê-la partir sem ele. Para os habitantes da aldeia os três passaram a ser considerados uma só pessoa, sem sobressaltos. A única desconfortável com a situação era Tereza.

Ver o filho grudado à enteada e àquele cachorro era pior do que a falta que sentia do cinema. Mas resistia calada à provocação, conquanto Rozália se encarregasse das tarefas domésticas e o filho não ganisse. Não sem ralhar, caso contrário não seria a Tereza sisuda e empertigada, a minha avó de lábios finos e sempre contraídos que eu nunca vi sorrir com a boca, apenas com os olhos, e ainda assim de maneira esquiva. Ralhava com o marido, ralhava com Rozália, enxotava o Lobo às escondidas, mas nunca nenhuma censura ao filho. Ele era a âncora que a mantinha pregada àquele chão repugnante e incompatível às suas aspirações prodigiosas. Que o pequeno Lajos não uivasse como cão era o que bastava. Tinha aprendido a esperar. Impetuosa, não mais. A ardente atração por János tinha lhe dado um filho e o degredo numa terra inóspita. Se não era capaz de controlar o gênio irascível, sabia agora contornar as situações e agir com sagacidade. Como uma cobra à espreita, aguardava o momento exato do bote. De outra maneira não teria suportado. Sobretudo quando o irmão caçula de József aderiu ao cortejo.

Todos os dias, József passava na casa de Rozália, era seu caminho de casa para o trabalho e do trabalho para casa. Sempre que József saía de casa, o irmão András ia junto. Embora a delicadeza de sua pele leitosa combinasse mais com o irmão alfaiate do que com o negrume de carvões, o que o fazia acompanhar József era sua necessidade de movimento. Gostava de ir e vir, de andar por onde fosse, ir atrás das pessoas. Nunca parava quieto. Já tinha se afeiçoado a Lajos quando em outros tempos ouvia seu ganir agudo de saudade da irmã. A estima consolidou-se quando percebeu a possibilidade de movimento incessante que teria junto a ele. Metal atraído pelo ímã, András apegou-se a Lajos, ao Lobo e à Rozália, e o que era três virou quatro, um número menos suscetível a disputas, e às vezes cinco, quando József ia junto, e outras raras vezes de volta para três, quando József e Rozália ficavam sozinhos, e outras ainda, cada um por si, quando Rozália, o centro de gravidade do grupo, ocupava-se das tarefas da casa. Poderiam ter vivido assim por muito tempo, não fossem as querelas de Tereza, a saúde de Lajos e o imponderável, os fios do destino que vão se emaranhando à nossa revelia.

Lobo era diferente de todos os outros cachorros. Nenhum *kutya* é igual, mas Lobo tinha um jeito de ser que mais parecia de gente. Era o olhar feroz e meigo, um olhar agudo com uma expressão quase humana, como se ele mesmo não se soubesse cachorro. Parecia ler pensamentos e demonstrava desafetos com um franzir de focinho peculiar e um desdém quase nobre. Era grande, preto, o pelo muito brilhante, um lobo na aparência. Acho que veio ter em casa por causa dos gansos. E ficou não sei por quê. Lajos de imediato se enroscou entre os pelos dele. Cachorro e menino, bicho e gente confundidos. Lobo com a expressão humana no olhar e Lajos com suas qualidades caninas. Tudo era entendimento entre nós. A época do Lobo foi marcada por uma sensação de contentamento. Acima de tudo, havia József. A felicidade saía de dentro de mim como um perfume que se espalha e deixa o ar doce. O cotidiano invadido pela alegria que começou rasteira e num crescendo foi ocupando todos meus espaços. Não sei de onde vêm esses momentos em que tudo está no lugar e a vida da gente é simples e intensa, uma bolha de sabão atravessada pela luz. A aldeia seguia a mesma, eu fazia tudo igual, mas tinha um aberto e abandonado, um jeito inteiro de estar no mundo. Era assim que eu estava quando József voltou.

Respirava uma atmosfera plena que só fez expandir e nos absorver. Talvez aquele tempo tenha sido o mais feliz que tive. Até a visita do policial num dia em que eu estava sentada na entrada de casa desembaraçando os pelos do Lobo.

✧

Lobo, o escudeiro de Rozália, não apenas estava sempre perto como era capaz de antepor-se a qualquer obstáculo. Por essa qualidade de simbiose que mistura seres que convivem tão intimamente, o cão revelava as mesmas simpatias e antipatias de Rozália. Coisa que não tardou a molestar Tereza. Bastava ela fazer menção de aparecer que Lobo arreganhava o focinho e se colocava à espreita, intimidador. Tereza sentiu que era chegada a hora do bote e começou a preparar a teia para a emboscada.

Num dia em que o policial, o mesmo que tinha encomendado as fardas, passou e elogiou o cachorro, Tereza convidou-o para entrar. János alegrou-se com a visita, ela serviu *pálinka* e aprumou-se para a investida. O policial tinha gostado das fardas? Perfeitas, eram fardas tão bem cosidas que, mesmo se considerando a rudeza da profissão, não se rasgariam facilmente. Mais *pálinka*, mais elogios. Quando um de seus subordinados embrenhou-se no mato atrás de uma raposa, voltou todo sujo e arranhado, mas com o uniforme intacto, e isso não apenas pelo tecido, forte e resistente, mas muito mais pelo reforço dos remates. Tereza ouvia calada e quando percebeu que a aguardente já tinha destilado qualquer austeridade, interveio sinuosa enquanto servia mais *pálinka*. Um cachorro como o deles seria de excelente uso para ocasiões como essas de buscar bicho no mato, aliás, para perseguir animal nada melhor que outro animal. Bicho com bicho, gente com gente. Ela andava preocupada com seu menino que vivia atrás daquele *kutya* o dia inteiro, uma convivência dessas não daria em coisa boa. Já tinha ouvido muita história de criança que de tanto ficar perto de cachorro não se acostuma mais com gente e isso ela não queria para o filho, ainda tão pequeno, não bastasse o estranho hábito que tinha de gemer esganiçado parecendo cachorro. O povo comentava que aquilo era estranho e comentários assim só acentuavam a preocupação de uma mãe que quer sempre o melhor para o filho. Quem sabe se o policial conversasse com Lajos. Os homens brindaram à camaradagem que se renovava a cada trago e antes de partir o policial deu sua palavra que daria um jeito na situação do menino.

Quando o policial voltou à casa de Rozália, já era início da noite. Enxergou na entrada o contorno do menino e do cachorro, Lajos e Lobo no alpendre, emoldurados pela luz terrosa que escapava por uma frincha da porta. O menino brincando, o cachorro espraiado em sua modorra canina. À aproximação do policial, Lobo levantou os olhos, mas não se mexeu. O menino sorriu, fez que ia se levantar para chamar o pai, mas o policial, com um gesto, dissuadiu-o, estava de passagem apenas. O policial chegou mais perto, agradou o cabelo do menino como quem não quer nada e, displicente ainda, tirou de dentro do embornal a lanterna prateada; um movimento da mão girou a rosca de bocal e o facho de luz se desprendeu, abrindo uma clareira de admiração diante do hipnotizado Lajos. O policial voltou à rua, a luz sinuosa foi desenhando os contornos da noite e não demorou nada para que o menino ficasse de pé e, maravilhado, fosse atrás da luminosidade que tingia os caminhos. Lobo hesitou, mas também saiu, atrás do menino. No caminho, o policial pediu a Lajos que segurasse a lanterna. Armadilha montada, o menino caiu na rede. Já não haveria quem tirasse a lanterna das mãos de Lajos. A proposta foi simples e irrecusável. O menino ficaria com a lanterna, o policial, com o cachorro. Acordo selado, cada um tomou seu caminho, o pequeno Lajos precedido de luz, o policial arrastando Lobo que ia resistindo aos estirões da corda em volta de seu pescoço. Trato é trato. De nada adiantaram a indignação de Rozália, o arrependimento de Lajos, a paciência solidária de József e a apatia de András. Diariamente esse exército desvalido se perfilava diante da casa do policial, os quatro do lado de fora da cerca, e Lobo, indócil e desgostoso, do lado de dentro. Apenas Tereza estava satisfeita com a situação. Nem o policial se beneficiara, para ele o cachorro amuado era de nenhuma serventia, só uma boca a mais para alimentar. Além do mais, tinha perdido a lanterna.

O remate de todo o acontecimento foi tão brusco quanto devastador. O policial considerou inadmissível quando Lobo roubou um ovo de sua casa e, diante de Rozália e de Lajos, deu um tiro bem no meio dos olhos desafiadores do cachorro. Lobo morreu ali mesmo, olhando para Rozália com uma ponta de vergonha, como se sentisse responsável pelo próprio destino. Era mesmo um cachorro quase humano. O tiro certeiro que acabou com a vida de Lobo virou do avesso a vida de Rozália. Foi esse ato efêmero, obra de um instante, que determinou os longes do futuro da família e também o meu presente, de onde escrevo.

A continuação da história se deu com o repique do tiro zoando dentro da cabeça de Lajos que, para livrar-se do susto, rosnava dia e noite e não deixava ninguém dormir, um menino desacorçoado que não encontrava remissão em nada que não fosse aquele estalar taciturno saindo dos lábios entreabertos e alheios à vida. Rozália, que já conhecia perdas, tinha sua maneira de atravessar as dores acumuladas no peito franzino, uma maneira silenciosa e quase altiva de desanuviar-se das tormentas. Teria partido novamente do povoado, mas ficou por apego a József. Este se atirou no trabalho e na perfeição dos recortes e feitios enquanto András seguiu perambulando pelo povoado atrás de companhia.

Lajos não sossegava, seu guincho em falsete doía nos ouvidos de quem o escutava. Chamou-se outra vez o médico, que reafirmou o diagnóstico primeiro: o menino tem de ir para terras mais cálidas, quem sabe a paisagem dos trópicos lhe seja mais alentadora do que os altibaixos dos Bálcãs. Tereza, vítima de sua emboscada, ainda tentou reanimá-lo, agarrou-o pelos cabelos, encheu-o de beijos, apelou à rendição do paladar de Lajos com a sua especialidade, a compota. Nem era época de maçãs, fruta preferida do filho, mas ela conseguiu um suprimento extemporâneo vindo de parentes prósperos da capital e preparou a deliciosa receita. Em vão. O filho não reagia nem pronunciava palavra que não fosse o uivo plangente e melancólico, tão ensurdecedor quanto incompreensível. Exausta por fim, vencida diante da insistência do menino em ganir e rosnar e esganiçar amargura aos quatro ventos, Tereza juntou os trastes e os devaneios para embarcar com a família em direção a terras promissoras que atraíam um sem-fim de pessoas em busca do eldorado.

O novo continente era visto como lugar de oportunidades, onde enriquecer era tão óbvio quanto um dia após o outro, e o dinheiro tão farto que poderia ser rastelado. Quem não gostaria de sonhar esse sonho? Quase todos gostariam. Exceto Lajos, afogado de abatimento, e Rozália, uma vez mais à mercê dos ventos que a desviariam da rota almejada. De novo separação, de novo viver longe de József. Não fosse por isso, talvez minha mãe visse com bons olhos a viagem, ia ao encontro da índole andarilha que eu também herdei. Mas nesse tempo ela não sabia de nada que não fosse a dor por deixar József.

A família viveu os tempos de caixotes e baús onde colocavam tudo o que achassem necessário, no princípio apenas por impulso, sem critérios nem rigor algum que não fosse o apego, para depois, numa segunda empreitada, separar o joio do trigo, o que tem direito de ser levado do que merece ser deixado, o que é de valia do que é mero capricho, e nessa tarefa perderam as contas dos dias. Em igual intensidade foram acumulando esperanças e despertando desejos adiados.

Rozália mal teve tempo de atinar com os fatos. Ajudava na arrumação das louças, roupas e móveis como um autômato, toda atenção focada no que fazia, trabalhando até o limite das forças para não precisar se perguntar de que serviria tudo aquilo, aonde iam, com quem, como. Se parasse, era provável que de novo saísse pela *puszta* sob qualquer pretexto. Uma vez mais ficou por József, que vinha todos os dias no fim de tarde e, com olhos apertados, acompanhava a azáfama da mudança. Em uma de suas visitas, András o acompanhou. Curioso por natureza, entrou e saiu dos cômodos, enfiou o nariz em cada mala, em cada baú, e tentou aconchegar-se ao lado de Lajos, mas diante da prostração indiferente do amigo, ficou ainda mais inquieto e proclamou de maneira solene: iremos junto! József esperou imóvel, ansiando que András prosseguisse a fala, que o raciocínio do irmão não se limitasse às duas palavras ditas numa enfiada peremptória e repetidas tantas vezes com tamanha precisão e autoridade que nem pareciam vindas de uma criança.

Todos ouviram e calaram. Rozália parou o que fazia, Lajos esqueceu-se de ganir por instantes, Tereza, sobranceira, afinou a escuta e János encrespou as grandes pestanas como sempre fazia quando surpreso. József, pálido, secou a testa com o dorso das mãos, uma após a outra, o trejeito das horas difíceis e, antes que o irmão seguisse repetindo o refrão como um sol que jamais se põe, sentenciou ele também: iremos junto! Era homem de palavra e neste simples ecoar entendeu que fosse o mundo do tamanho que fosse e vivesse ele o quanto vivesse, seu destino estava traçado. Juntaria forças e recursos para ir atrás de Rozália até ao cabo do mundo, se assim precisasse. András, impelido pelo afã insaciável de movimento, desconhecia por completo a magnitude de suas palavras, mas também teve de arcar com seu dito.

Parece que o mundo tem uma sintonia própria e às vezes tudo se ordena ao redor de um único eixo. A aldeia foi novamente invadida por hordas de migrantes que rumavam para o porto onde tomariam algum navio, e por ciganos que os acompanhavam pelo único objetivo a que obedeciam desde sempre, vaguear de um lado a outro. O porquê de tanta gente cruzar aquela aldeia remota faz parte da ordem natural do mundo e suas histórias encadeadas. Uns passaram para recolher parentes, outros para vender animais, muitos para alargar a partida e quase todos simplesmente para voltear os Bálcãs e não chegar nunca ao destino. E alguns poucos porque o trem fazia lá uma parada. Foi por essa estação ferroviária que passou a família romena de Tia Maria. Apenas pernoitaram na aldeia. Maria não encontrou Rozália nem imaginava que aquela era a terra da amiga. Soubesse, teria ido buscar o adeus dependurado. Mas foi aí que um outro fio foi puxado e começou a formar-se o tecido de um vínculo que se arremataria no meio de um futuro, já em terras brasileiras. Maria e Imre, Rozália e József. Numa noite determinada e num lugar determinado estavam os quatro bem próximos sem o saber, cada qual cumprindo seu trajeto para num tempo distante selarem a amizade mais profunda e mais frágil de suas existências.

    Tia Maria lembra-se daquela noite na estação com uma riqueza de detalhes que o tempo não devorou. Sempre gostou de contar o momento em que viu o homem esguio como um tronco de pinheiro, de braços tão compridos que chegavam quase até os joelhos. Era Imre, que abraçou o pai dela de maneira efusiva e depois cumprimentou cada um dos oito filhos do conterrâneo até chegar a vez dela, uma menina ainda, que ele ergueu pela cintura, olhou direto nos olhos e disse: quando você crescer, nos casaremos. Talvez sem saber da força das palavras. A promessa se cumpriria muitos anos depois. Mas nessa época Imre ainda não pretendia ir embora da região. Viajava com o amigo Gábor em busca de trabalho, qualquer que fosse. Ele continuou seu caminho pelo mundo, Maria continuou o dela junto à família, Rozália e József, cada um o seu. Para depois se juntarem.

Entre a leva recém-chegada de ciganos estava Judith, a vizinha, de volta à aldeia e de volta a casa, um lar desfeito e esburacado com paredes carcomidas e o telhado em parte destruído. Estava mais magra, o cacoete nas mãos persistia, aquele movimentar ligeiro e minucioso que acompanhava a fala e a não fala, e usava três vestidos sobrepostos, hábito adquirido desde sua partida. Ao rever Rozália, retomou a conversa como se não tivesse sido interrompida e falou sem parar de suas andanças atrás da filha, da noite em que se separou por pouco tempo de Rozália e depois não conseguiu mais encontrá-la e aí já eram duas que ela procurava, a amiga e a filha, e andou a esmo pela *puszta*, que deixou de ser *puszta* e cedeu lugar para uma floresta de árvores iguais e perfiladas e veio o frio e veio a neve e ela encontrou um pontinho de luz saindo de um casebre e foi até lá se sentindo extenuada e caiu na soleira não sem antes roçar de leve a tranca da porta que se abriu e ela foi recolhida por pastores que a levaram à cidade mais próxima onde foi trabalhar para um oficial e ela achou que isso seria um presságio de sorte e que a filha deveria estar por perto até o dia em que o oficial mandou-a comprar pão e ela passou pela estação onde jura ter visto a filha na janela de um trem então embarcou no trem seguinte e viajou com um casal de velhinhos que lhe deu um casaco e achou que a vida lhe sorria de novo e continuou sua caminhada até encontrar outro soldado que reconheceu nela o casaco do pai e ele também conhecia a filha desaparecida e contou que iria embora de navio como todos estavam fazendo e ela foi com ele para o porto onde foi encaminhada para o embarque num navio de imigrantes e antes de o navio zarpar ela saiu para buscar pão para a viagem e quando voltou ao porto o navio já tinha partido e ela desanimou até saber por uns marinheiros que sua filha tinha andado por lá sem conseguir embarcar e que tinha voltado para casa com um cigano que tocava acordeão e ela continuou perseguindo os ciganos pela *puszta* até dar de novo na aldeia e encontrar a casa com o guarda-roupa ainda vazio e nada da filha que a esta altura já teria mesmo ido embora num navio para uma terra muito rica em que as roupas eram encontradas na rua e era para onde ela iria ainda mais depois de saber que Rozália também estava de partida e as duas poderiam continuar a busca pela filha e como mãe ela sentia estar próxima de seu objetivo e sabia que passadas as águas do mar encontraria quem procurava e Rozália também encontraria o que procurava. Terminado o relato, apertou os lábios para se calar, mas continuou a remexer os dedos das mãos, todos ao mesmo tempo.

Rozália escutou aquele desenrolar sem-fim de idas e vindas acompanhando o gestual das mãos da vizinha, um agitar intenso e cadenciado que poderia ser mais bem aproveitado. Terminado o discurso, chamou Judith para dentro de casa e colocou as mãos dela na massa de pão, que a vizinha sovou sem perceber e sem falar. Terminada a tarefa, Rozália assou o pão mais macio e arejado que alguém jamais teria comido. Judith continuaria para sempre procurando pela filha, mas soube o que fazer com as mãos não só enquanto esperava pelo dia da partida como também durante muitos anos. Eu mesma nunca cansei de comer seus pães e bolos e posso afirmar que eram incomparáveis, os melhores que já experimentei.

Não é possível deixar para trás o lugar onde nascemos. Somos como árvores, as raízes fincadas no profundo do chão é o que nos sustenta. Esse chão é o chão da terra natal. Quando fiquei sabendo de nossa mudança, tudo em mim empalideceu. Sentia que não mais pisar naquelas ruas e caminhos era estar longe do começo e também do fim. Porque pensava que no fim da vida encontraria o sentido do começo e que tudo sempre voltaria ao lugar de origem, como Tia Rózsa, que passava a vida errando, mas sempre podia voltar ao ponto de partida e quem sabe sentar no mesmo lugar de criança para esperar pela volta do pai. A aldeia e os Bálcãs continuariam lá, eu é que não estaria mais respirando aquela paisagem. Mas eu era fruto daquilo tudo e o que eu era tinha a ver com o lugar onde tinha nascido. Não conseguia me imaginar distante da minha origem. Que as fronteiras fossem marcas alteráveis e os países se repartissem de uma ou outra maneira, era coisa mundana que por mais que interferisse no idioma e nacionalidade não alcançava aquele lugar íntimo, o ninho ao qual sempre retornamos. Era como ser arrancada do berço. Enrolei os papéis da casa num pano e dependurei-o no pescoço, um relicário que me uniria para sempre à minha origem. Passei os últimos dias na aldeia caminhando pelo entorno para olhar bem olhado o espaço, um olhar definitivo que eu pudesse levar comigo, um álbum de fotografias. Olhei para tudo, mas não quis mais olhar para o rosto de József.

Que ele ficasse junto de mim enquanto me despedia da aldeia não tinha problema. Mas que não me pedisse para olhá-lo, isso eu não faria. Podia imaginar de antemão sua expressão desfigurada de susto e essa era uma lembrança que eu não queria guardar. Tudo o mais levei registrado na retina, a fachada das casas, a fumaça no cemitério, as valas dos caminhos, todas as cercas, o jardim de cada igreja, o chão, o barro, o céu e as nuvens, os cheiros, as pessoas, os animais. Até hoje, quando busco pelas lembranças da minha aldeia, é a paisagem desses dias que me chega num silêncio fresco de quem acabou de acordar. E me vejo em meio a essa paisagem como se nunca tivesse saído de lá. Acho que sou feita de memória e o passado é o meu presente.

༄

József não compreendia a recusa de Rozália em vê-lo e, a cada instante que tentava atrair a atenção dela, só se deparava com o olhar embotado como de um cego ou uma mirada trespassada que o vazava. Mas compreendeu que ela queria enxergar a paisagem dentro da paisagem, a imagem de fora e a imagem de dentro sobrepostas, e inventou de desenhar tudo para onde ela estivesse olhando, casa, rua, morro, vento, desenhava e entregava, ela olhava o desenho e sorria agradecida. Dessa maneira pôde ser visto por ela, se não direto nos olhos, pelo menos através do que os olhos dele enxergavam. Foi assim que a imagem da aldeia naqueles dias ficou preservada, os desenhos que minha mãe guarda na caixa forrada de vermelho e verde, junto com tantos outros. Apesar de já esmaecidos pelo passar dos anos, gosto de olhá-los como se aqueles simples pedaços de papel ainda exalassem os sentidos do que representavam.

Não era só a família de Rozália que estava de partida. Muitas outras deixavam tudo o que tinham e saíam em busca de futuro atraídas pela propaganda de migração que alcançava lugares recônditos. A vida pacata de sempre tinha sido atropelada por um afã de mudança que mais parecia epidemia contagiosa. Mais uma vez as referências do povoado rápido se transformavam, da noite para o dia casas trancadas e adeuses passaram a ser o comum dos habitantes, uma enfiada de despedidas, abraços e separações que no começo despertavam a curiosidade dos que ficavam, mas foi tanto partir que até as crianças se acostumaram e já não fazia muita vista uma família tangendo um animal carregado de trastes. József era o único da aldeia a adotar postura abatida ao passar por uma cena dessas: parava e baixava os olhos em atitude reverente, como se assistisse a um cortejo fúnebre. Era só o que sentia, pesar e comiseração, antevendo o dia da partida de Rozália. Quando o momento por fim chegou, lá estava József, pálido e solene, os olhos cheios de luto. Ia vestido com a melhor roupa, a calça de vinco, a camisa de colarinho branco, todo ele abotoado de tristeza para acompanhar a saída da carroça puxada por dois cavalos. János, Tereza e Lajos sentados na boleia, Judith acomodada em meio à carga, Rozália a pé e alguns gansos acompanhando desorientados, as pernas curtas ziguezagueando. O pequeno András ia junto a József. Desceram a rua do canal, passaram ao lado das duas igrejas, chegaram à praça e viraram à esquerda, o início do longo caminho em direção ao mar. Rozália não se virou nenhuma vez para ver o aceno de József recortado pela imensidão do mundo. Caso olhasse, enxergaria também a figura em andrajos que vinha mais atrás, sorridente, abanando braços. Era Tia Rózsa, que chegava de longe e acompanhava a acanhada comitiva. O aceno não era de adeus, mas de cumplicidade. Sentia-se parceira de qualquer viajante.

Muito tempo depois de a carroça ter desaparecido no horizonte e de esperar que por um motivo qualquer ela retornasse, József se virou e deu com Tia Rózsa sentada à sombra. Nunca a tinha visto, mas pela descrição que conhecia, não teve dúvida. Quis dizer quem era, engoliu a saliva se preparando para falar, mas a voz não saiu. Pigarreou, coçou o pescoço, aprumou o peito e, de novo, da garganta não saiu um pio. Mais de si do que poderia imaginar tinha ido embora com Rozália. Tia Rózsa não precisou escutar nada da boca de József para saber quem ele era e o que se passava. Levantou-se e seguiu com ele e András para o povoado. A mudez tardou ainda um par de dias. Quando conseguiu de novo articular uma palavra, József passou a fazer cortinas, mantas, toalhas, qualquer coisa que se relacionasse a panos, agulha e linha, para que Tia Rózsa vendesse na estação e na porta das duas igrejas, sempre acompanhada por András. Além da costura, József desenhou retratos dos ciganos que acampavam pelas redondezas e em pouco tempo conseguiu juntar o dinheiro que garantiria a viagem. O suficiente para ele. Só não sabia que teria de levar mais gente junto.

Poucas semanas depois József viu seu pai saindo às pressas da aldeia acompanhado por András, que não perdia uma oportunidade de movimentação. Soube pelo irmão mais velho que o pai atendia um chamado urgente de parentes. József decidiu esperar o retorno deles antes de partir. Coveiro voltou num fim de tarde, horário já de pouca luz, e József não pôde ver a expressão do pai ao lhe contar que o avô se enforcara no sótão, encharcado de bebida. József se lembrava do avô com um facão entre os dedos grossos, descascando pequenos pedaços de madeira e fazendo miniaturas perfeitas de animais. A outra lembrança era dos olhos vermelhos e papudos que ele tinha. E foi isso que József não enxergou naquele dia, o pai com os mesmos olhos deslavados. Não se sabe se por tristeza ou lealdade, mas daí em diante Coveiro mudou por completo seus hábitos. Desinteressou-se dos carvões dizendo que o negror e tamanha quentura eram coisa para gente jovem. Preferia ter as mãos limpas para molhar o coração no álcool. Embora continuasse a pegar troncos e madeiras pela região, seu intuito era o de construir um sótão na casa, espécie de templo em memória do pai. A fonte de sustento da família passou a ser motivo de desentendimentos com o filho mais velho que, alheio aos apelos do pai, carbonizava todas as madeiras que seriam usadas para a construção. Era comum ver Coveiro escarrapachado em qualquer canto do cemitério, os olhos aguados de bebida e desconsolo. József não conseguiria ir atrás de Rozália deixando o pai tão inerte. A única saída seria levá-lo junto. Para convencer o pai prometeu uma casa com sótão no lugar de destino, mas o pai decidiu que só partiria se os demais filhos o acompanhassem, não era momento de viver mais perdas. András, com seu temperamento irrequieto, não precisava ser persuadido, mas o irmão mais velho não queria partir, estava apaixonado e pensava em casamento. József se dispôs a arcar com todas as despesas da viagem e mandar buscar a noiva assim que se estabelecessem no novo mundo.

Tudo arranjado, József partiu com a família. Junto ia Tia Rózsa, sem medo nem susto. Seu viver desconhecia fronteiras.

2

Rozália nunca gostou de falar sobre sua viagem e o início da vida no Brasil. Foram assuntos que sempre evitou. Quando perguntada a respeito, fazia um gesto de desdém com as mãos como se espantasse mosquito e saía de perto. A lembrança desse tempo foi aparecendo de maneira entrecortada, um e outro comentário que no decorrer da vida foram alinhavados, mas a costura final ficou cheia de buracos.

Rozália atravessou o período de adaptação com um andar cambaio que só iria se firmar anos depois. Do que mais se lembra da viagem era o assombro que tinha em relação ao navio, ao oceano e à quantidade de pessoas que lotavam a terceira classe. O barulho contínuo a incomodava, assim como a agitação dentro e fora: as pessoas que se movimentavam, o mar que às vezes jogava e a quantidade de impressões que a inundavam. Sentia falta de tudo que tinha deixado, casa, aldeia, bichos, József, chão para pisar e, sobretudo, um lugar de estar sozinha, em silêncio. Tudo era estranhamento. O pai e a madrasta, também assustados, pouco falavam ou circulavam pelo navio. Judith, acompanhando o movimento de pessoas, pensou estar na *puszta* e percorreu o navio procurando pela filha até arranjar ocupação na cozinha auxiliando no preparo de pães. Para Lajos, a novidade não trouxe nenhuma inibição, pelo contrário, aguçou-lhe a curiosidade infinita que iria perdurar para sempre. Andava pelo navio e perguntava sobre tudo. Gostava de parar diante das pessoas e observar a maneira como se comportavam. Como se olhasse uma trilha de formigas em movimento. Rozália atordoava-se diante de pessoas e culturas tão diferentes e também se lembrava de quando atravessara a *puszta*, com a diferença da falta de espaço. Tudo estava circunscrito aos limites da terceira classe. Dentro e fora, o mesmo abafamento. Começou aí sua dificuldade em respirar. A única forma de encontrar ar durante a viagem foi apegar-se ao interesse do irmão e ficar junto a ele todo o tempo. Olhar o mundo a bordo através dos olhos de Lajos tornou-se a maneira possível de atravessar o oceano e conviver com a inquietude que a sufocava. Quando chegaram ao porto, conseguiu olhar para o mundo de novo.

O primeiro dia em terra firme foi de sobressalto. Lembra-se da surpresa ao conhecer os negros, o brilho encerado da pele, os dentes tão brancos que pareciam teclas de acordeão, e do estranhamento ao ver os cachos de banana pendidos de cabeça para baixo nas árvores. E também a umidade morna que grudava na pele, tão estranha quanto a língua que escutava. Chegou no dia de seu aniversário. O presente foi a viagem até a fazenda de café, um caminho que cruzava a serra e a mata atlântica. Nunca tinha visto tamanha exuberância verde.

    Por onde andaram todos os imigrantes àquela época é história conhecida e recontada por infinitas vozes. A imensidão de caminhos e descaminhos que iriam cruzar até encontrar parada foi coisa que nenhum deles poderia antever. Cada qual passou por uma sucessão de deslumbramentos e infortúnios. Os de Rozália são inúmeros, talvez por isso ela nunca tenha gostado de falar desses tempos. Idas e vindas, a procura incessante de trabalho se sobrepondo à necessidade íntima de um lugar no mundo. Ia aonde aparecesse oportunidade de emprego, fosse na cidade ou no campo. Preferia estar nas fazendas, a proximidade à natureza lembrava a vida na aldeia e, apesar do trabalho árduo, sentia-se livre.

~

Sempre gostei do campo. Gosto de verde, de mato, chão de terra, céu estrelado, barulho de bicho. E de cheiro de mato. O cheiro que senti ao chegar me marcou para sempre, a fragrância úmida e intensa que entrou em minha pele e eu pude enfim respirar. A natureza daqui é vigorosa. Lembro da primeira tempestade. O céu ficou escuro, noite em pleno dia e nuvens acinzentadas que, de tão próximas, pareciam querer cair em nossas cabeças. Não me assustei. Lajos enroscou-se em minhas pernas. Um vento morno e forte trouxe cheiros misturados e foi varrendo a poeira e os matinhos, depois arrancou arbustos e vergou galhos de árvores até quase o chão, a paisagem se transformou num piscar de olhos e aí começou a algazarra de raios e trovões, cada estrondo que parecia rebentar a terra. Pingos grossos e afiados cruzavam o ar em todas as direções, Lajos subiu pelas minhas pernas, se agarrou ao meu pescoço, eu mal conseguia me mexer, a escuridão de antes se transformou num branco leitoso e denso. Quando olhei para Lajos ele estava de boca aberta, tomando água da chuva e gargalhando, eu também bebi chuva e ri de nós dois cobertos de tempestade e surpresa. Era tudo tão novo. Desde então, chuvaradas me alegram. Muitos anos depois, numa dessas tempestades no sítio dos hungareses, eu vi aquela cintilação no descampado, uma luz intensa que parecia refletir toda a claridade do mundo. Só no dia seguinte soube que o que eu tinha visto era o brilho de um raio atravessando enxada e homem.

Rozália não tinha liberdade de escolher viver no campo, iria aonde trabalho houvesse. Era responsável por parte do sustento da família e pelo conforto emocional do irmão. Em terra firme, já não era mais Rozália que andava atrás de Lajos, e sim ele que, voltando à obstinação costumeira, não conseguia estar longe da irmã. As artimanhas a que recorria eram muitas, a mais eficaz, o ganir incessante. Tereza, pouco resistente às mudanças, não suportava um leve esganiçar do filho. Para evitar turbulências, Rozália acedia aos pedidos de Lajos. Sentia afeição pelo irmão e ter a companhia dele foi ao mesmo tempo um embaraço e um alívio, a corda que retardava seu andar e a ligação que a mantinha próxima às origens. Porque estar com Lajos era como estar na aldeia, sentir o cheiro do apego do irmão era sentir o cheiro da aldeia, andar junto a ele era também andar com József.

Rozália teve de esperar muito para ter a sensação de estar em algum lugar. Trabalhou na colheita de café, passou para o serviço doméstico na fazenda, foi para a cidade e empregou-se numa fábrica de cordas e depois numa tecelagem, voltou ao campo para o trabalho na roça, até que o pai foi mordido por uma cobra e toda a família se mudou em definitivo para a capital. Foi aí que experimentou um gosto de estabilidade. Tinha alguma compreensão do idioma e do jeito de ser local; odores e canto de pássaros já podiam ser reconhecidos, nomeava diversas frutas e acostumava-se com o desenho diferente das estrelas. A família alugou um cômodo num bairro habitado por conterrâneos e Rozália foi trabalhar em casa de família. O caminho de ida e de volta ao trabalho, feito a pé, foi uma maneira de ir se familiarizando com a cidade. Escolhia trajetos diferentes a cada vez e se deixava levar pelas impressões. O olhar livre de estrangeira se entrelaçava às lembranças da vida na aldeia. Recapitulava palavras aprendidas no dia, experimentava sua fonética e brincava com os sons nasalados. Nessa época começou a cantarolar modinhas brasileiras. Sentia-se feliz por breves momentos. Judith estava trabalhando numa panificadora e muitas vezes Rozália a visitava no caminho para casa; só de vê-la trabalhar a massa, o movimento certeiro das mãos e dedos que lembravam a ladainha que ela entoava na *puszta*, era o mesmo que um sopro de brisa dos Bálcãs misturado à umidade tropical. Começava a sentir que partes de si iam se acomodando umas às outras. Mas novo fio foi puxado e veio o estrondo da mudança. János e Tereza tiveram uma filha e, para ceder espaço no cômodo, Rozália teve que sair de casa.

∽

Quando nasceu minha meia-irmã, fui morar no emprego, em casa de família. Era uma casa rica e ensolarada. Tinha conforto, um quartinho de paredes brancas onde eu dormia sozinha e muitos livros que podia pegar emprestado. Ao redor da casa, um jardim que eu varria de manhãzinha e uns passarinhos na gaiola, coitados. E no final das refeições tinha sobremesa. O resto era o trabalho doméstico de sempre. Aos domingos eu podia ir para casa. Sempre guardava alguma sobremesa para Lajos. Um dia levei uma maçã que ele ficou lustrando com a manga da camisa durante muito tempo e depois guardou embaixo do travesseiro. Disse que não iria comê-la. Porque gosto de maçã era gosto da aldeia, um gosto que queria guardar intocado na memória. E nunca mais comeu maçãs. Ele era assim, delicado com os sentimentos. Foi ele quem deu o nome de Rózi para nossa irmã, a primeira brasileira da família. Muitas vezes, quando eu chegava aos domingos, ele estava aninhado junto dela, um cãozinho sonolento. Parecia não ter vida independente, sua sina era viver a vida dos outros. Nunca suportou ficar sozinho. Uma vez os patrões nos convidaram para um passeio. Não tinha lugar no carro e Lajos ficou no porta-malas, ganindo e uivando. E foi tanto gemido e amolação que o patrão se irritou, parou o carro e sem nenhum motivo outro, me despediu ali mesmo. De novo, o temperamento canino de Lajos desenhando o traçado de minha vida. Porque foi depois disso, quando voltei para casa desempregada, que meu pai inventou de me casar com Antonio. Onde estava Lajos no dia em que fui obrigada a partir? Por que nesse dia Lajos não estava de guarda e não uivou e ganiu, nem saiu correndo enfurecido atrás de mim, cercando meus pés sem me deixar avançar no caminho e me impedindo de ir embora para o outro lado da cidade com um conterrâneo que mal me conhecia?

༄

Quando József partiu da aldeia e chegou ao porto, não conseguiu embarcar no primeiro navio. Como o irmão mais velho quisesse desistir da viagem e voltar à aldeia e como József estivesse decidido a partir de qualquer maneira, Coveiro teve de reunir forças e dominar por instantes o abatimento para ocupar ainda uma vez o lugar de chefe da família e reafirmar sua decisão: a família continuaria unida, aonde um fosse, todos iriam. Ficaram assim nessa delonga, cada um puxando a corda para um lado, quando veio a notícia de que o navio onde estariam, não fosse o entrevero, tinha naufragado. O que poderia levar a pique a travessia da família só serviu para reafirmar a intenção primeira de viajar.

Tia Rózsa decidiu que aquela inana que os segurara em terra era sinal de bom agouro e já tinha servido ao seu propósito. Era chegada a hora de partir. O embarque deu-se no navio seguinte, convencidos não se sabe se pelo entorpecimento do susto ou pelo vigor enfático de Tia Rózsa. O sobressalto da viagem foi abrandado por ela, que esvaziava de estranhamento qualquer acontecido. Para József, encorajado pela esperança de reencontrar Rozália, a travessia foi leve. Mesmo que o pai, enjoado de tanto mar, bebesse para acompanhar o movimento das águas e o irmão mais velho se mordesse de arrependimento. András e Tia Rózsa sentiam-se à vontade em suas andanças pelo navio. Tia Rózsa não conhecia o oceano e ficou maravilhada com aquela manta ondulante carregando tantas vidas para o outro lado do mundo. Como se o mar fosse o céu e o navio uma estrela cumprindo seu percurso sobre o fundo azul. O movimento do mar e o movimento de gente. O de cima igual ao de baixo. O de fora igual ao de dentro. Nada a inquietava. A largueza do mundo tinha a medida de seus passos e qualquer lugar fazia parte de seu circuito de peregrinação.

    A chegada de József seguiu um percurso diferente ao de Rozália, porém não mais fácil. Não seguiu para o interior, preferiu aventurar-se na cidade porque tinha descoberto que gostava de viver em lugares com muita gente. Quanto mais gente, mais movimento. Talvez a falta que sentisse de Rozália o deixasse ávido de novas conexões. Ou talvez a amplidão do mar tivesse provocado essa sede. O certo é que sua tendência social só fez aumentar vida afora e foi a razão de muitos conflitos com Rozália. Mas por essa época ele ainda estava sem ela. A única preocupação que tinha era trabalhar e ganhar dinheiro para encontrar Rozália.

O irmão mais velho não conseguiu se adaptar à nova realidade, queria de volta a vida na aldeia, a fábrica de carvão, a casa no cemitério, a futura esposa. Fechou-se em desalento e recusou-se a tudo que não fosse a perspectiva de voltar. Com o pai, aprendeu a beber o desgosto. Passavam os dias, pai e filho, afundados no próprio atordoamento, como carvões onde já não resta nenhum ardor da brasa. Bebiam imenso. O pequeno András também se ressentiu da mudança, a cidade era grande demais para o tamanho dele e a falta de entendimento da língua deixava-o apartado da movimentação que sempre o nutrira. Sem ter para onde ir, foi leal à modorra do pai e do irmão mais velho. Também ele sucumbiu à tristeza. Ficaram os três calcinados na melancolia. Tia Rózsa partiu para suas andanças assim que o navio atracou e József não tinha a quem recorrer. Tentava se adaptar à mudança e o desalento familiar era a pedra em seu caminho. Decidiu trabalhar incansavelmente e juntar dinheiro para mandar pai e irmãos de volta. Gastou com a família tudo o que tinha. Foi assim durante toda sua vida, a habilidade para fazer dinheiro era a mesma para gastar. Sempre dizia que a função do dinheiro era ser gasto. Com os outros ou com ele mesmo. Jamais soube dizer não a quem pedisse qualquer coisa, um botão, um favor ou dinheiro. Para minha mãe, essa foi a fraqueza de József. Para ele, era apenas um jeito de estar na vida, nem bom nem ruim, nem fraco nem forte. O seu jeito.

Depois do embarque do pai e irmãos, József recomeçou a economizar. Intensificou o ritmo de trabalho e sua habilidade na costura logo se espalhou pela comunidade de imigrantes. Tornou-se ainda mais conhecido quando começou a frequentar os eventos sociais e culturais dos conterrâneos. Apesar de calado e introvertido, gostava de estar entre pessoas, mesmo que a timidez por vezes o deixasse enrubescido e suado. Foi com a costura de um terno que encontrou a maneira de conciliar a inibição com o entusiasmo social. Estava encarregado de confeccionar os trajes para uma apresentação teatral do clube húngaro. O diretor, em uma das provas, queixou-se da dificuldade dos compatriotas em decorar o texto. Entre um ajuste e outro, József se dispôs a ajudar e foi assim que se tornou ponto de apresentações teatrais. O melhor ponto que apareceu naquele tempo. Sua sensibilidade o fazia perceber o momento de esquecimento do ator ou atriz. Tinha a medida exata da entonação da fala que traria de volta a memória perdida. Nunca se excedia, tampouco se ausentava naquela espécie de alçapão em que ficava diante do palco. A plateia não o via, mas todos sabiam que ele estava lá, atento, puxando o fio do texto. Como também estava por trás de cada talhe, cada feitio, na perfeição das costuras e do caimento das roupas que fazia. Uma presença invisível. Essa era a vaidade dele, a elegância discreta e marcante.

József continuava disposto a procurar por Rozália, mas não conseguia economizar o suficiente. Resistiu a esse tempo desenhando tudo o que via e fazia, como nos tempos da aldeia. Um alinhavado do presente que depois seria unido com pontos miúdos junto à Rozália. Guardava os desenhos nos rolos de papel pardo ou rosado que usava para riscar os moldes. O livro de sua vida. O destino não era manejável como as tesouras e agulhas, e a habilidade que tinha para costura se mostrava inversamente proporcional à habilidade para cuidar-se. Não sabia descansar. Quando não estava trabalhando, atendia a outros interesses – teatro, acontecimentos sociais, pessoas, mas o que mais fazia era desenhar sua conversa com Rozália, as visões e imagens que o inundavam e que ele traduzia em rabiscos. Mesmo que esses encontros se passassem apenas nos rolos de papel de molde não importava. Era coisa nenhuma para os outros. Para ele, a maneira de não ser só. Assim vivia sua intimidade com Rozália e desde então não soube ser de outro jeito. Acreditava mais em seus desenhos do que na concretude da vida. Não deu ouvidos a uma febrícula que passou a assediá-lo todo fim de tarde, talvez um sinal do que estaria por vir. Um dia acordou queimando em brasas. Nessa mesma manhã chegou-lhe a notícia de que o pai, a exemplo do avô, tinha se enforcado no sótão da casa de um primo. Joszéf prostrou-se, ardendo de remorso por ter deixado o pai partir. Só conseguiu voltar à vida quando Rozália o encontrou.

༄

No final da madrugada, a cidade ficava mais fria. É o frio que vem da serra, me disseram uma vez. Nunca entendi porque chegava sempre no mesmo horário. Logo amanheceria. Eu estava encolhida na porta da casa de meu pai desde a noite anterior. Tinha me separado de Antonio. Ele não era má pessoa. Muito pelo contrário. Era gentil, falava pouco e achava feio gritar com mulher. Quando nervoso, gostava de cantar hinos húngaros e eu sabia que nessas horas era bom não chegar perto. Quando passava o nervoso ele voltava a ser um homem manso e educado. Um bom homem. Mas não era homem para mim. Meu homem era József. Casei forçada e fiquei três meses com Antonio, até saber que József tinha vindo da Hungria para me encontrar. Saí da casa de Antonio como entrei, sem fazer barulho. Tranquei a porta, joguei a chave de volta pelo vitrô e cuidei que nenhum vizinho me visse. Cruzei a cidade a pé até a casa de meu pai carregando minha pequena trouxa de roupa. Não sei que cara eu tinha quando cheguei, eu estava cansada, mas muito certa do que fazia. Meu pai não me deixou entrar. Quis saber o que eu fazia lá, meu lugar era junto ao meu marido. Eu não quis discutir. Baixei os olhos e falei que para a casa de Antonio não voltaria. Meu pai fechou a porta na minha cara. Acomodei-me na soleira e escutei o barulho dos talheres enquanto eles tomavam sopa, depois escutei o som da conversa do pai com a madrasta, o choro de Rózi e o ganido de Lajos, até que os únicos barulhos que escutei foram o de algum cachorro latindo para a noite e o do vento assobiando. Mesmo sentindo frio e fome, preferi esperar. Voltar para Antonio é que não voltava. Quando esfriou mais, bati levemente na porta, mexi no trinco e alguém acordou. Escutei o barulho de passos se aproximando da porta, escutei um silêncio, e depois os passos se afastando. Devia ser meu pai, espiando para saber se eu ainda estaria lá. Ele sempre me achou teimosa. Encolhi mais as pernas, os braços segurando os joelhos, e fiquei assim, abraçada à minha espera até o amanhecer. Para não me sentir só, pensava em Tia Rózsa. Foi assim todas as vezes em que a vida me fez esperar. Pensava nas andanças de Tia Rózsa, em nossos passeios pela aldeia com Gedeon e me sentia acompanhada. Quando meu pai abriu a porta para ir ao trabalho, tinha cara de poucos amigos. Com um olhar alheio, pretendia não fazer caso de mim. Mais que depressa me levantei e feito um poste me plantei entre a porta e a rua, impedindo a passagem. Ele me encarou desafiante e eu sustentei o olhar, azul imenso olhando para azul imenso. Até hoje não sei o que aconteceu. Nesse momento alguma coisa íntima veio à tona, meu pai não sorriu, mas enxerguei nele uma doçura jamais vista e nesse olhar cansado fomos pai e filha, um breve instante, uma brisa suave que soprou e logo ele baixou os olhos, me deu passagem e eu entrei na casa. Ele ficou parado na entrada, como se esperando alguma coisa. Tantas coisas eu poderia ter dito, mas tudo o que falei foi que não ficaria mais com Antonio, József estava na cidade. Ele me deu as costas e eu fui para a beira do fogão, aquecer-me. No dia seguinte, e de uma vez por todas, parti ao encontro de József.

Para chegar aonde estava József, Rozália teve de dar muitas voltas. Os conterrâneos movimentavam-se dentro de um circuito delimitado, mas József morava em local mais afastado, nas redondezas de uma olaria. Gostava de cheirar a fumaça que cobria as imediações quando os tijolos eram queimados. Uma depuração do sentimento de desterro. Saía à janela e abria-se em imaginação para aspirar o ar que o remetia à casa paterna até sentir-se saciado e pleno. Depois, retomava a vida. Esse era seu vício e seu alento. Quando recebeu a notícia do suicídio do pai, escancarou as janelas da pequena casa na expectativa de que a inquietação do peito se evaporasse junto à fumaça. Esperou sentado não se sabe por quanto tempo. Tudo isso Rozália leu nos desenhos muito depois. O que ela encontrou naquele dia foi um homem esvaziado numa cadeira. Inerte, sem olhar o mundo, sem chorar, parecendo até que não sofria de tão entorpecido. O reencontro teve um traçado próprio, muito diferente do que Rozália ousou sonhar. Aquele era outro József, um arremedo tosco e desajeitado que num primeiro momento ela não quis reconhecer. Ao aproximar-se, sentiu a quentura da febre que o queimava e escutou nos gemidos frouxos a repetição de palavras entrecortadas, pai, sótão, fumaça, carvão, navio, rozália, rozália, rozália. Ao ouvir seu nome, aceitou tudo, o estado dele e o aperto da desilusão que sentia no afundado entre os seios. Disse sim a József e saiu para comprar comida. No que dependesse dela, sua chance de felicidade não continuaria sentada numa cadeira por muito tempo.

⸺

Eu sei por onde József andou. Ele desenhou seus passos para mim. Está tudo nos rolos de papel de molde. Gosto de abri-los vez ou outra e ficar imaginando sua mão tão fina, rabiscando como fazia na aldeia. Toda a vida ficou registrada nos seus traços. Só depois é que vieram nossas primeiras fotografias. Mas o que conta são as lembranças que estão dentro da gente junto com os sentimentos. Sei tudo o que József fez até nos encontrarmos, mas não sei por onde andaram seus sentimentos. Ele gostava de dançar, ganhou um concurso de dança em cima da tábua, era difícil dançar e se equilibrar na tábua ao mesmo tempo, mas pequeno e leve como era, foi fácil ganhar. Sempre se divertindo. Como ele conseguia se divertir tanto e ao mesmo tempo sentir minha falta? Onde guardava essa falta? Diz ele que nos desenhos que fazia. Desenhos que retratavam o olhar da ausência. Veio para o Brasil atrás de mim, mas nunca me procurou. Nunca entendi seus porquês. Eu é que fui ter com ele quando tive notícia de que estava na cidade. Não sabia que ele estava doente. Quando entrei na casa, tudo era desconsolo, tudo era o estado dele. Sentado na cadeira diante da mesa, queimava em febre. Não me olhava, só gemia e delirava. Saí e voltei com os ingredientes para uma sopa que preparei, deixei diante dele e fui arrumar a casa. Ele continuou sentado. Quando anoiteceu, tomou a sopa. Contou que o pai tinha se enforcado no sótão da casa de um primo, mas que o olhar do pai estava grudado ao olhar dele. Tudo o que conseguia ver quando escurecia era o corpo pendido pela corda, imóvel. Acendi a luz em cima da mesa. Rozália, é você mesmo, ele perguntou em voz clara e limpa. Apontou os rolos de papel pardo na prateleira. Está tudo lá, Rozália, minha vida sem você são só desenhos.

༄

Não estavam na aldeia, as construções seguiam outra arquitetura, a vegetação tinha um verdor mais viçoso, mas o de dentro era o que contava. József e Rozália sentiam-se em casa. No primeiro dia em que József conseguiu sair da cama desde a vinda de Rozália, abriu o rolo de papel, desenhou um vaso de flores e deixou-o sobre a mesa. Ao chegar, Rozália usou o desenho como toalha e colocou sobre ele o prato de comida. József comeu com cuidado para não emporcalhar as flores e a brandura dos gestos lhe trouxe um enlevo há muito esquecido. Sentiu vontade de voltar a costurar. Tinha emagrecido bastante, o cabelo estava ralo, as unhas quebradiças, mas não perdera a delicadeza de expressão. Antes de voltar à cama, abriu a máquina de costura, azeitou a engrenagem, arrumou a gaveta das linhas, conferiu carretéis e botões e experimentou na ponta dos dedos a textura dos retalhos que tinha por hábito guardar, uma pequena amostra de pano de cada traje confeccionado. Deteve-se muito tempo olhando as sobras de tecido como se por detrás de cada uma tivesse uma história para ser lembrada. Foi tímido nessa reaproximação, temendo qualquer movimento mais brusco que pudesse afugentar seu propósito. Rozália, assistindo quieta a todo o ritual, entendeu que József estava de volta.

Na manhã seguinte, ele limpou a bancada de costura, abriu o rolo de papel e ao invés de desenhar o cotidiano, riscou um modelo de vestido para Rozália e pediu a ela que fosse comprar o tecido. Ela assentiu com um leve movimento de cabeça de um lado a outro, sua expressão de contentamento. Seria o primeiro vestido novo de toda sua existência. E, embora ainda não o soubesse, seria o marco da nova vida que levaria junto a József. Durante o trajeto foi compondo o padrão do tecido que desejava comprar, florido, cores suaves, da mesma leveza com que sonhava o futuro. Abriu as portas da imaginação e ousou a felicidade num tecido com diferentes estampas que encenassem sua história.

Na loja, se encantou diante da variedade e das tantas possibilidades de arranjo. Não tinha por hábito escolher e era com uma avidez comedida e desajeitada que seus olhos devoravam cores, padrões e tipos de fios. Absorta e livre como uma criança inventando o mundo, não estranhou escutar alguém assobiando uma canção húngara dentro da loja e, no idioma natal, perguntou algo para a vendedora. Diante da cara de espanto da moça, caiu em si. Olhou em volta, viu-se na loja escolhendo o tecido, mas o assobio continuava lá, o homem esguio como um tronco de pinheiro, de braços compridos que quase chegavam aos joelhos. O início da conversa foi simples. O homem ofereceu ajuda para a escolha dos tecidos e Rozália, sempre tão independente, surpreendeu-se aceitando a oferta sem estremecimento algum. No instante seguinte já tinham se esquecido das fazendas e a conversa foi um encadear de coincidências e proximidades. Imre, um conterrâneo que no caminho do exílio tinha passado pela aldeia dela, era alfaiate e também escolhia tecidos. Trabalhava para um húngaro no interior do estado. Tinham em comum o gosto pela música, por espaços abertos e a maneira encantada de guardar o mundo dentro de si. Foi em meio aos rolos de panos e à poeira acumulada que Rozália deu o passo que mudaria sua vida: convidou Imre para conhecer József. Dessa maneira simples e imprevista foi repuxado o fio que tinha uma ponta lá na aldeia, na estação de trem, o fio que depois de muitas torções e emaranhamentos deu na vida do sítio. Mas muito tempo ainda teria de transcorrer na vida de cada um.

Do encontro resultou o começo de uma amizade que duraria quase a vida inteira deles. O casal partiu para o interior. József começou trabalhando com Imre na alfaiataria, passou a ser o dono do negócio, prosperou, criou família e muitos anos após eu nasci, a caçula temporã de cinco filhas.

Imre trabalhou um tempo com József e depois partiu com a esposa, Maria. Para ele, o mundo longe da pátria era sempre provisório, um sem lugar abrasador. Prometeu voltar quando encontrasse sombra.

Parte III

Quando Rozália viu aquele homem grande feito varapau entrar em casa depois de tantos anos, sentiu uma mornidão prazerosa na barriga. Ela não era dada a manifestações rasgadas de alegria, mas tinha um jeito todo seu de mexer a cabeça bem devagar de um lado para outro, como se desenhasse no ar a dimensão do contentamento. Foi assim que veio recebê-lo no portão, o meneio da cabeça e as mãos sendo enxugadas na lateral do corpo. Eu poderia reconhecer a voz de Tio Imre até debaixo d'água. Quando era pequena e ele trabalhava na alfaiataria de meu pai, confeccionou roupinhas para minha boneca. Entregou-as embrulhadas no papel de recortar moldes, dizendo que a boneca ficaria tão bonita quanto eu. Jamais poderia esquecer aquela cena, o homem alto e magro segurando o pacotinho nas mãos em concha parecendo carregar um ovo no ninho; só não entendia como conseguia fazer roupas tão pequenas com dedos tão grandes.

No dia de seu retorno jantou conosco, dormiu em casa e, quando acordei na manhã seguinte, ele tinha ido embora, mas deixara uma florzinha branca dentro de um copo com água junto a um bilhete: *viszontlátásra*, até logo.

    A florzinha ainda não tinha murchado quando ele voltou trazendo uma outra Tia Maria, sua nova mulher. Rozália e ela se olharam e sorriram. Tio Imre apresentou uma à outra e elas continuaram se olhando e sorrindo. Como que enfeitiçadas. Nenhuma se deu conta de imediato, mas em ambas começou a desenrolar-se o fiozinho perdido na poeira dos anos e foi preciso um par de horas para que encontrassem a ponta da sensação de familiaridade. Essa nova Tia Maria era bem mais nova que o marido. Tinha um rosto gordo e redondo e um olhar brejeiro que a deixava com aparência ainda mais jovem. A atração que senti por ela foi recíproca. Minha simpatia tinha a ver com seu jeito maroto e curioso. A dela devia-se a uma memória do passado. Porque essa Maria era a gêmea romena que Rozália conhecera em suas andanças pela *puszta* e com quem, um dia, há muitos anos, Imre prometera se casar.

    Foi neste dia que Tio Imre nos levou para conhecer o sítio onde estava morando e que em breve se tornaria o sítio de todos nós.

Eu estava no quintal colocando a comida para os cachorros quando ouvi a voz de Imre no portão. Fazia muitos anos que não nos víamos, desde que ele deixara de trabalhar com József, mas parecia que esse tempo não tinha avançado para nós. Abri o portão sem surpresa, como se todos os dias ele passasse por lá. Nenhuma distância nos separava até então. *Kezetcsókolom*, beijo tuas mãos, ele disse, ao pegar minhas mãos entre as suas. Estava mais gordo, com a aparência cansada, mas seu olhar cintilava. O que o trazia de volta era tudo e nada, era a linha de trem que passava pela cidade, era a morte da primeira esposa, o desejo de mudar a vida e a vontade de falar húngaro, mas sobretudo a falta que sentia da terra natal. Uma falta que não tinha diminuído durante tantos anos. Eu conhecia esse sentimento, não importava se dias ou décadas nos separassem da pátria, sempre a sensação de estar à parte do mundo, um balão solto no ar, sem lastro nem parada. Ficamos muito tempo conversando, ele contando tudo o que tinha feito depois de largar o trabalho na alfaiataria e eu contando das minhas meninas. Volta e meia ele me olhava de viés, parecendo uma criança que tem um segredo e aguarda o momento certo de revelá-lo. Trazia novidades. Imre era sempre um acontecimento, dessas pessoas que se movimentam a passos largos e provocam mudança por onde passam. Estar com ele era abrir uma janela para o mundo. Por isso não me espantei com a visita. Ele era como Tia Rózsa, andarilho por vício. Mas dessa vez disse ter se acalmado. Finalmente encontrara um lugar de sombra. O seu lugar. Um sítio, o sítio dos hungareses, como era chamado pelos moradores da cidade. Eu já ouvira falar a respeito deste lugar frequentado por húngaros adeptos a uma dieta naturalista. O que atraía Imre não era a dieta, mas fazer daquele pedaço de chão uma comunidade. O sentimento de desterro nos deixava assim, crianças em busca de abrigo. Acho que foi isso que nos uniu naquele pedaço de chão.

⁂

O sítio dos hungareses era uma espécie de loteamento espontâneo com um aglomerado de casas mais ou menos próximas, um caminho entre elas e um lago que servia a todas. Tio Imre foi atraído para lá por um conhecido, Gábor, um dos primeiros a fixar residência no sítio. Não era a península balcânica, mas o clima se assemelhava ao verão do sul da Hungria. As terras eram férteis e baratas e um conterrâneo foi avisando o outro, até formar-se a comunidade. As casas não tinham forro e eram por isso construções muito frescas, mas tínhamos de conviver com os morcegos e o tumulto que provocavam. Sempre havia, encostada na parede das casas, uma vara de bambu para espantar morcegos. Banheiro e cozinha ficavam no lado de fora. As cozinhas tinham fogão a lenha e uma mesa grande com um banco comprido de cada lado. A comida era sempre muito gostosa, doces húngaros, bolos de várias cores, pães, roscas e muitas frutas. Todos participavam da preparação da comida ou da arrumação da cozinha. Exceto os naturalistas, que eram minoria mas se movimentavam por muitos, sempre indo e vindo dos banhos de sol, banhos de rio e andanças pelos matos. A água era de poço e cada casa tinha o seu. O lago tinha sido feito a partir de um braço do rio que cruzava a cidade. A margem e o fundo eram cobertos por pedras grandes e a água, de tão transparente, deixava os peixes bem à mostra. Antes de entrar no lago costumávamos levar pão para os peixes, caso contrário, ficavam mordiscando nossa pele. Às vezes aparecia uma cobra-d'água e foi graças a elas que muitos de nós aprendemos a nadar. De tempos em tempos lavávamos o lago, esfregando as pedras para tirar o limo aderido.

No quintal das casas tinha pomar e, por ser uma terra boa, tudo que era plantado, brotava. Pé de jaca, jamelão, manga, carambola, jabuticaba, mamão, banana-nanica, banana-prata, limão-cravo, laranja, abacate, um sem-fim de frutas. Sem falar de morangos, amoras e de árvores e arbustos de flores, os ipês e primaveras. Ethel tinha uma mão santa para ipês, os que ela plantava floresciam primeiro. Na frente de cada casa, a varanda. A de Imre, a mais espaçosa, tinha um pedaço de madeira dependurado na parede com os dizeres *Piros, Fehér, Zöld, ez a Magyar Föld*, vermelho, branco, verde, essa é a terra húngara. Era lá que à noite ouvíamos discos na vitrola manual e dançávamos *csárdás*, a dança típica húngara, ou qualquer outro ritmo. Meu pai era o melhor par. No quintal da casa de Imre estava o observatório, a plataforma sobre uma torre cilíndrica que o enteado dele tinha construído para estudar estrelas. Havia também as abelhas que László criava. Para mexer nas caixas, ele se enrolava em panos até a cabeça. Ficávamos olhando de longe aquele homem todo coberto, com um halo de abelhas voejando ao redor. De tardezinha, passeávamos pelo caminho que atravessava o sítio. Iam todos, adultos e crianças. Ethel se encarregava de passar as notícias do dia, mas eram também nesses momentos que as histórias eram contadas, falava-se do passado em terras distantes, dos sofrimentos e alegrias, Tia Rózsa contava suas andanças e íamos escutando e catando as mangas caídas no chão ou subíamos no pé para alcançar as mais bonitas. Foram as mangas mais doces que comi. Muitas vezes, tarde da noite, quando todos já tinham se recolhido, László tocava no *tárogató*, o clarinete, uma música triste e nostálgica que cobria o sítio e embalava nosso sono. Era o último presente do dia.

No início eu ficava apenas durante o período de férias escolares, mas o sítio era tão próximo à cidade que passei lá a maior parte da minha infância. Não sei se era o olhar de menina ou minha imaginação que coloria momentos mornos, ou se de fato aqueles foram tempos especiais. Era uma vida diferente. Não há como negar que todos eram extremamente criativos. Como não se deixar levar pelas ideias obstinadas de Tamás e sua dieta naturista, alimentando-se só de frutas e tomando intermináveis banhos no lago depois de suar horas a fio sob o sol abrasador, numa terra em que o barro e os pés da gente gretavam de igual maneira. Ou pela melodia suave do clarinete de László que ia desmanchando as bravatas e entreveros do dia, aproximando não só as distâncias afetivas como também a longínqua terra natal. Como resistir às estripulias de Imre que ignorava a enorme envergadura ao se dependurar pelos pés na jaqueira carregada de frutos. E tantos outros pequenos feitos que ficam guardados na memória, um filme que não termina nunca.

A conta dos dias passa para todos nós, mas há uma coisa que parece não se esgotar, essa maneira de estar no mundo tentando suprir em cada instante a ausência da terra natal. Recordo que no gesto de cada um estava sempre presente uma maneira húngara de ser, como se só assim pudessem fazer valer sua identidade primeira. Às vezes me sentia como uma corda retesada sendo puxada em direções opostas, uma cultura se contrapondo à outra e disputando minha adesão ou minha renúncia. Demorei a me dar conta de que o conflito não existia com tamanha força, o que existia era apenas um olhar momentâneo em uma ou outra direção, uma prevalência para um ou outro sabor, a páprica e a jabuticaba, por assim dizer, mas que no dia a dia coexistiam com naturalidade. Como qualquer desatino.

ഗ

Estar no sítio era estar na aldeia. A paisagem era bem diferente, mas alguma coisa me fazia sentir em casa. Não apenas porque conversávamos em húngaro ou cantávamos músicas húngaras ou preparávamos receitas húngaras. Era por outra coisa, esse cheiro de passado que chegou manso, foi recobrindo a pele e entrou no corpo para ocupar meus guardados, lugares remotos que estavam vivos, à espera. Despertar essas impressões me fez sentir eu outra vez. Foi a primeira vez desde a chegada ao Brasil que eu estava inteira. Maria disse o mesmo. Tantos anos tinham se passado desde nossas andanças pela *puszta*, mas guardávamos idênticas impressões. Demoramos a nos reconhecer quando nos vimos. Precisou que o cheiro de guardado fosse se espalhando e tomando os espaços dentro de cada uma, até nos despertar um jeito de ser daqueles tempos. A pequena Maria das minhas andanças é a Maria sentada comigo na varanda e é a Maria brincando com minha filha caçula e é a Maria sorrindo nos olhos do jeito desengonçado de Imre. Quando a encontrei no passado, eu estava procurando pelas pessoas e ela viajava com a família. O tempo em que estivemos juntas era um tempo de passagem, cada uma indo na própria direção. Fui embora sem me despedir e levei a memória daqueles dias comigo, imaginando que nunca mais a veria. Mesmo assim, procurei seu sorriso em cada estrangeiro no navio e nas fazendas em que estive. Quando já não procurava nem esperava por ninguém, nos reunimos. O adeus dependurado era coisa do passado. Estávamos todos juntos. Os de antes – Tia Rózsa, Judith, József, meu pai, a madrasta, Lajos – e os de agora – as filhas, minha irmã e os naturalistas. Maria e Imre estão de permeio, os fios invisíveis que costuram esses dois períodos. Cada um a seu tempo me guiou por um caminho, Maria pela *puszta*, Imre na mudança para o interior. E foram os dois juntos que me trouxeram para o sítio. De volta a casa pela mão deles. Como Gedeon tinha feito comigo tantas vezes.

Éramos poucas famílias. Juntos éramos toda a Hungria. Tão dessemelhantes quanto parecidos. Os naturalistas, os únicos a morarem lá continuamente, pareciam excêntricos aos olhos dos outros. Para nós, que convivíamos com eles, seus hábitos singulares eram convencionais e previsíveis dentro de seus padrões. Com eles aprendíamos a conviver com estranhezas e desacertos. Seguiam os preceitos de um naturalista húngaro e carregavam o livro dele para baixo e para cima como se fossem pastores a pregar ensinamentos do divino. Alimentavam-se de frutas e verduras da estação, preferencialmente crus, jamais comiam qualquer derivado animal e jejuavam a cada tanto. Faziam o suadouro diário, a prática de torrar sob o sol escaldante do meio-dia com o corpo todo enrolado em panos, para depois entrar no lago e nadar até a exaustão. Tudo com o intuito de desintoxicar o corpo das impurezas. Acreditavam que assim viveriam por mais de cem anos.

Tia Rózsa seria adepta aos costumes deles não fosse o suadouro, dizia que isso era coisa para animal de couro áspero. Tio Imre, com seu temperamento movediço, em poucos dias virou vegetariano e Tia Maria achou por bem acompanhá-lo, embora sem convicção. Gábor, o precursor, vivia afastado. Tamás era o mais radical e extravagante. Muito magro, quase não usava roupas, apenas sunga, um saco de farinha amarrado no pescoço que lhe caía ao longo do tronco e um enorme chapéu na cabeça. Só vestia calça e camisa nas poucas vezes em que ia à cidade. Fazia muita ginástica pela manhã, corria por tudo e depois ficava estendido ao sol do meio-dia fazendo o suadouro, embrulhado em trapos. Sabia esperanto, mas era de pouca fala e passava muito tempo em sua casa de sapé. Diziam que criava uma cobra e ficavam os dois enrolados entre as palhas da cama e os trapos. Lajos, o meu Tio Luiz, ficava sério quando ouvia essa história, ele conhecia a fundo o sentimento de aconchego com bicho.

Um dia Tamás chegou da cidade com um casal de bicicleta. Foi a primeira vez que o vi conversando mais longamente. Falavam em húngaro e estavam quase sorridentes os três, não fosse o ar austero que o olhar encovado de Tamás inspirava. Os naturalistas eram assim, muito sérios, tudo o que faziam parecia envolto por uma nuvem de gravidade. Eu estava colhendo jabuticaba. Tia Rózsa me pediu as frutas e fomos encontrar o casal. Ela conversou com a mulher e pediu a bicicleta emprestada em troca das jabuticabas que eu tinha na sacola. Não havia o que os naturalistas não fizessem por uma fruta da estação. Feita a troca, Tia Rózsa pegou no guidão e saiu empurrando a bicicleta pelo caminho, eu junto. Fomos até a porteira que demarcava o fim do sítio e continuamos pela estradinha que dava no campo de aviação. Ela empurrava a bicicleta como se conduzisse alguém. Contou de seu amigo Gedeon e da última vez que o viu, quando perambulava por uma cidade próxima à aldeia natal. Não tinha chegado a vê-lo, mas a convivência diária com a bicicleta do amigo era uma forma de estar junto. Como fazia agora. Passear empurrando a bicicleta era o mesmo que estar com ele.

Depois desse dia, sempre que o casal da bicicleta aparecia no sítio, fazíamos o mesmo trajeto: eu, às vezes minha mãe, às vezes Tio Luiz e quem mais aparecesse. Tia Rózsa empurrava a bicicleta e não deixava ninguém pedalar. Íamos andando enquanto ela contava suas histórias, descrevia o sítio e falava sobre cada um de nós. Mais parecia estar escrevendo uma carta ou atualizando a vida para uma pessoa que não via há muito. Conversava da mesma maneira que tinha feito quando convivera com a bicicleta de Gedeon tempos atrás. Como se ele estivesse ali também. Dizia que trazíamos junto a nós todas as pessoas queridas. Estar com elas era apenas uma questão de desejo. Saudade para Tia Rózsa era palavra sem uso.

László tinha se separado da esposa para viver no sítio e foram os filhos que lhe devolveram a mulher. Era um dia abafado, eu brincava com Juli na jaqueira do quintal de László enquanto ele, na varanda, esculpia calado pequenos pedaços de madeira. E foi assim, em idêntica sobriedade, que assistiu à esposa Franciska descer da charrete e entrar na casa, determinada como se aquele fosse um procedimento de todo dia. Fazia anos que não se viam. Ele não esboçou reação alguma, o único movimento que fez foi um discreto desviar de pernas para que o robusto corpo da esposa atravessasse a porta sem tocá-lo.

Não combinavam um com outro, mas tinham em comum a habilidade e o capricho com que faziam as próprias coisas. Franciska era pequena e larga. O rosto de traços delicados se sobressaía num corpo gordo e pesado. Em tudo era exuberante. Adorava flores e crianças e cantava árias de óperas enquanto preparava deliciosas compotas de frutas. A mudança dela para o sítio trouxe as netas, todas igualmente viçosas. Agnes, a mais nova, era igualzinha à avó, mas era alta, bem mais alta que eu. Ficamos amigas e junto com Juli nos tornamos inseparáveis. As três como uma só, cada qual com seus trejeitos. Juli e seus ares de moleque, Agnes vaidosa e excessiva e eu com o talento inventivo. Uma amarração completa. Quando juntas, tudo era um suceder natural. Nunca planejávamos as aventuras, elas apenas aconteciam.

Foi assim quando fugimos do sítio. Esperávamos pela hora de poder nadar depois do almoço, quando vimos meu pai e Tio Imre passarem em direção ao rio. Iam pescar. Um pouco atrás vinha Tia Rózsa, cuidando para não ser vista. Planejava ficar de tocaia para devolver os peixes à água quando os homens se distraíssem. Acompanhamos Tia Rózsa, mas logo nos entediamos com tamanho silêncio e imobilidade. O primeiro peixe pescado, devolvi à água e, antes que brigassem comigo, saí correndo pelo mato à beira do rio. Ia ligeira, aos tropeços, mal olhando onde pisava e escutando os chamados de Juli e Agnes. Corremos desabaladas, uma atropelando a outra, até darmos no descampado fora dos domínios do sítio. Nunca tínhamos ido tão longe sozinhas. Não olhamos para trás, nada dissemos e continuamos a caminhar em direção à cidade. O esforço da corrida, a excitação do proibido, a intimidade, tudo isso nos encheu de vigor e como trêsmarias seguimos em linha reta, igualmente espaçadas uma da outra, idêntica cadência e intenção: ousar para além dos limites do sítio. Passamos por um homem e uma mulher a cavalo, eles nos saudaram, Agnes respondeu ao cumprimento dizendo somos húngaras, do sítio dos hungareses, e o tom altivo em sua voz reafirmava a nossa identidade, somos húngaras, tornamos a dizer, eu cantarolei a melodia do clarinete de László, a mulher emendou assobiando e falou conosco em húngaro. *Szervusz*, olá, *hogy vagy*, como vai. Ela tinha a pele alva e os olhos claros, parecia húngara, mas o mais intrigante era que usava um vestido por cima do outro, como Judith. Os dois continuaram seu caminho e eu me senti Rozália andando pela *puszta*, a repetição das vivências em cenários outros. Éramos o passado recriado.

Quando anoiteceu, estávamos em lugar nenhum, nem cidade nem sítio, apenas chão e céu. Juli contou que o pai dela, Gábor, gostava de dormir em buraco escavado no barranco, a terra dava sensação de frescor em noites quentes e tepidez quando frio. Não tínhamos barranco por perto. Sentamos sob uma árvore, a noite foi se adensando e já não podíamos sair andando, ao redor tudo escureceu de vida e só víamos sombras escuras. Agnes reclamou, Juli se enfureceu, eu tentei mediar a situação, mas já não éramos três sendo uma, nem a Hungria, nem nosso passado. Éramos o presente assustado. Sem outro recurso que não a espera das horas, juntamos corpos, braços e pernas para tentar dormir sono de um olho só. Mesmo emboladas e confundidas uma com a outra, estávamos distantes, cada qual enredada ao próprio medo. Em meio a tamanho silêncio foi fácil escutar o ranger da charrete se aproximando. Eram Imre e József. Nada disseram, mas o olhar duro deles nos fez subir cabisbaixas na charrete. O retorno ao sítio durou uma eternidade. Ao chegarmos, cada uma foi para sua casa. Nem meu pai nem minha mãe me dirigiram a palavra. A solidão doeu mais do que qualquer outro castigo. Demorei a entender o jeito que tinham de me deixar sozinha com meus feitos.

Que me entram dores pelo corpo inteiro, parecem espetos aguilhoando a pele como se centenas de minúsculos dedos com unhas muito finas e afiadas quisessem me abrir toda e em vez da pele a me cobrir sinto que sou feita de espinhos. Assim gemia e falava Tia Maria numa voz melada e aquosa, tanta lágrima e soluço lhe cobriam o rosto, enquanto Tio Imre, dotado de mãos e dedos sem medida, ia tirando ferrões e restos de abelha do corpo dela, minha mãe deitava água com sal em cada furo de ferrão e Tia Rózsa lhe derramava o conhaque goela abaixo para que ardor mais prazeroso a completasse. Pobre Tia Maria, sempre sorridente e brincalhona, que nunca se queixava de coisa alguma, era agora toda martírio. Fiquei espiando pela fresta da porta, ninguém me deixava chegar perto.

Tudo acontecera muito rápido. Tínhamos terminado de caiar o terraço, um serviço que demorou dois dias inteiros, uma demão depois da outra. Tia Maria ia pintando com a tinta preparada com cal, água e cola e eu ficava mexendo a mistura para não desandar, tinha de ficar lisa como leite, sem grumo nem pelote. Quando acabamos o trabalho, a parede branco de giz, como ela dizia, fui brincar no laguinho do quintal e ela se pôs a passar roupa no terraço. De repente, uma fumaceira cobriu o sítio. Era László mexendo nas abelhas, coisa sabida e acostumada. O novo era que Tio Imre estava junto. Decidido também ele a criar abelhas, costumava olhar a maneira de László lidar nas caixas com a mesma suavidade com que tocava clarinete. Imre ainda não tinha se aventurado a mexer na colmeia, mas naquele dia achou-se já pronto de conhecimento e enfrentou o enxame sem panos nem cobertura outra que um par de luvas. Grande e desajeitado, um boneco de pau, enfiou as mãos enormes nas caixas e bastou uma única remexida de dedos para provocar tumulto nos insetos. O sítio coberto pelo nevoeiro, o terraço de Tia Maria branco fresquinho e nós duas distraídas nos próprios afazeres quando Tio Imre chegou ventando, perseguido por uma nuvem cinzenta de abelhas desavoradas que foram atacando tudo pela frente. Entrei no laguinho e me cobri de água. Tia Maria correu para soltar o cachorro preso na cerca e foi aí que as abelhas a atacaram. Um piscar de olhos e ela estava coberta por aquela zoada ardida. O berreiro foi tamanho, todos vieram ajudar, jogaram baldes de água, gritaram, abanaram, entraram com ela na casa, fecharam porta e janelas, mas foi só quando Tia Rózsa chegou e começou a soprar um ventinho de nada na direção das abelhas e a fazer um zunido igual ao delas que o enxame se dispersou. Não precisou mexer um dedo, nenhum movimento abrutalhado para enxotar os insetos, foi apenas a presença imóvel dela e os barulhinhos discretos que fazia. Depois disso ficaram uma e outra abelha desnorteadas e o zumbido nervoso se distanciando por trás dos lamentos cada vez mais pastosos de Tia Maria.

Ao visitá-la no dia seguinte, vi um rosto gordo e desfigurado coberto de pontos escuros que se sobressaíam por cima dos inchaços. Ela inteira uma saliência avermelhada e disforme. Pediu a toalha umedecida para resfriar a pele e contou do sonho que tinha tido: ela e o marido em frente do açougue, ela escolhia as carnes e o marido pagava, comprando o quanto de carne ela desejasse. Depois do sonho, deixou de ser vegetariana. Talvez a recompensa pelo susto que atravessara. Passou a criar galinhas e patos brancos, mais macios, dizia, e a inventar comidas suculentas. Quando alguém ia à cidade, encomendava bistecas e costeletas. Junto com Franciska e Judith, fez as maiores delícias que comi no sítio. Mas nunca mais quis nem sentir o cheiro de mel. Preferia que uma cobra lhe cruzasse o caminho a ouvir o zunido de uma abelha nas redondezas. Desde então ninguém mais criou abelhas entre nós.

∽

Cuidei de Maria até a inchação diminuir e ela poder sair ao sol e não sentir a ardência das picadas. Apesar das dores que a cobriam, demonstrava contentamento por estarmos juntas. Tudo tinha de ser feito com muita delicadeza e, nessa lentidão de gestos, o tempo se dilatava nos dando a sensação de um contínuo linear entre o passado e o presente. Vivíamos uma cumplicidade silenciosa ao preparar a comida, colocar as compressas de água fria, sorrir para uma lembrança qualquer. Às vezes, no abafado da tarde, eu reconhecia num canto do rosto deformado de Maria a nossa intimidade. Ela falava da família, de cada um dos sete irmãos e ria quando Imre vinha apertar os inchaços para ver se tinham cedido. Tudo feito com vagar, como se tivéssemos todo o tempo do mundo e ainda a *puszta* inteira para atravessar. O misterioso da vida revelava-se nesses instantes. Um dia, ao entrar em sua casa, encontrei-a debaixo da mesa, brincando com a minha caçula. Nossa Maria estava de volta.

⁂

Meu pai retratou todo o sítio. São centenas de desenhos. Era comum vê-lo em alguma varanda fazendo rabiscos. Sempre pediam para retratar a casa, as árvores, a paisagem. Só não desenhava gente. Achava que para isso tinha de olhar dentro da pessoa, descobrir o que ia na cabeça e no peito e assim fazendo poderia revelar segredos ou imperfeições não vistas. Era risco certo. Cada um que se olhasse no espelho quando quisesse se ver. Preferia retratar pessoas de costas ou na sombra, sem possibilidade de reconhecimento. Os únicos retratos de gente que fez foi na aldeia, quando juntava dinheiro para a viagem. Gostava mesmo era de desenhar a paisagem, tanto faz se o que via ou o que imaginava. Criava os feitios das roupas do mesmo modo que criava o mundo a sua volta.

Tamás procurou-o com a ideia de construírem uma piscina no sítio. Meu pai faria o desenho, ele a construção. O olhar dos dois seria um único olhar, o que Tamás imaginasse, József desenharia e o que József desenhasse, Tamás realizaria. Eram homens de pouca conversa. Quietos, passaram muito tempo um ao lado do outro diante do lugar em que seria a piscina, uma área entre a nossa casa e a de László com muitas nascentes. Ficavam parados com o olhar fixo no nada e depois se separavam. József ia para casa fazer esboços e Tamás para o rio olhar o curso das águas. Muitos se interessaram, deram palpites e ofereceram ajuda, mas os dois permaneceram alheios à movimentação. Continuavam de pouca fala e muita observação. Eu gostava de ficar sentada com eles nesses momentos de contemplação do vazio em que nada parecia se mover diante de nós, era só um espichar de olhos no terreno que viraria piscina e deixar a imaginação correr. O casal da bicicleta também se interessou pelo projeto. Ela porque apreciava nadar e ele porque, como os outros naturalistas, tinha gosto pelo inusitado. Não que uma piscina fosse coisa excêntrica. Mas as condições em que estava sendo criada eram de certa forma extravagantes.

Tamás fazia todo o tipo de coisa, podava árvores, levantava cercas, limpava poço, mas nunca tinha construído piscinas. Meu pai tampouco entendia do assunto. O homem da bicicleta trouxe um livro, ficaram estudando, fizeram cálculos e no final daquela temporada Tamás começou a obra. O primeiro que fez foi tapar as nascentes. Em seguida, começou a cavar. Trabalhava imenso tirando terra e levando para a beira do rio. Nós, crianças, com pressa de ver a piscina pronta, ficávamos borboleteando, atazanando, até que ele levantava a pá em nossa direção e dizia palavras desconhecidas, não sabíamos se húngaro ou esperanto, mas compreendíamos perfeitamente que era hora de sair correndo. Lajos o ajudava separando as minhocas da terra, que depois trocávamos por jamelão. Tamás adorava jamelão e ver a boca dele toda roxa quando comia os frutos era o que mais nos divertia. Um punhado de minhocas por um punhado de jamelão. Não tínhamos o que fazer com tantas minhocas, dávamos para Tia Rózsa ou devolvíamos à noite para o buraco.

O buraco da piscina ficou pronto. Ele cobriu as laterais e o fundo com pedras, como no lago, mas não encontrou mais as nascentes. Depois de tapadas, a água escoou para outras paragens e seguiu seu curso. Tamás não desistiu, continuou cavando, foi fundo até achar outra nascente. Deu num lençol minguado que serviu apenas para cobrir a superfície e rapidamente transformar-se numa água preta de espantar vida. Nossos banhos continuaram sendo no lago e a pretensa piscina virou cemitério de animais do sítio. Cachorros, gatos, aves e até cobra que morreram por lá foram enterrados na piscina de Tamás. Para mim, aquele buraco tinha outra magia. Sepultei nele coisas que quis esquecer ou deixar escondidas, os tesouros que mesmo protegidos na memória, vez ou outra me consolava sabê-los em lugar de alcance. Para József, o cemitério no meio do caminho reacendeu a lembrança do pai. Retomou o hábito de desenhar com lápis de carvão para apaziguar a saudade. Durante muito tempo retratou a paisagem da piscina e do buraco do cemitério. São dessa época os únicos desenhos de gente que fez no sítio. Em vários deles, Tamás cavando. Nunca o rosto, apenas um contorno de luz, o esboço de um perfil, um movimento de braços, um corpo confundido com a terra. Mas o desvario ficou retratado.

Tenho quatro irmãs. Duas delas só conheci por foto, morreram ainda crianças. Filha temporã, cresci rodeada por adultos, o que fez com que aprendesse a me divertir e me virar sozinha. Dizem que herdei a liberdade de minha mãe e de Tia Rózsa. São liberdades diferentes. Tia Rózsa prezava a liberdade de espaços, não conseguia dormir nem comer cercada por paredes, pelo menos um dos lados precisava ser aberto para ela alongar o olhar ou partir. Estar num mesmo lugar por muito tempo lhe dava formigamento no corpo. Ansiava por constante movimento. De preferência, em meio à natureza e na companhia de bichos. Minha irmã mais velha é assim sem tirar nem pôr. Já Rozália podia ficar num quarto cercado de paredes por todos os lados sem se abalar. Era no de dentro que estava sua liberdade, conhecia de olhos fechados o caminho da porta que se abre internamente para escapar de qualquer opressão. Mas também se ressentia de lugares fechados e da falta de horizonte. Gostava de se movimentar quando tomada por uma ideia fixa; em momentos assim, se ficasse parada a cabeça lhe doía a ponto de rebentar e aí já não conseguia se mexer, cativa do próprio veneno. Sou igual a ela. Mas tenho vontade de aventura, como Tia Rózsa.

Em noites no sítio, depois da música de László, todos já dormindo, eu saía do quarto pé ante pé com minha lanterna e ia andar no caminho. Juli sempre me acompanhava. Era pelo gosto do escondido e era também pelo desejo de estar livre, a céu aberto. Numa dessas noites escutamos um barulho de passos se aproximando. Subimos mais que depressa numa jabuticabeira e, protegidas pelo sombreado de folhas, estávamos a salvo, mas não pudemos distinguir senão dois vultos andando no caminho. Na noite seguinte, escolhemos como tocaia o pé de jaca que ficava num lugar mais iluminado. Podíamos dali ver sem sermos vistas. Os vultos reapareceram, duas silhuetas destacadas sob a claridade, László, o melancólico clarinetista, e Anna, que dormia com as galinhas, que era sabatista e não abria janelas nem acendia luz aos sábados, que amaldiçoava quem comia fora da dieta naturalista e não gostava de visitas. Lá estava ela andando pelo caminho de braços dados com László num horário em que a supunham dormindo. Não conversavam, não riam, era só um caminhar lento e compassado, sem jeito de outra coisa que não fosse coisa escondida. Foram em direção à casa de Anna e não voltaram. Tínhamos descoberto o segredo dos dois.

Anna morava sozinha, era de pouca conversa e menos amigos. Seguia a dieta e a religião com a mesma austeridade com que se vestia, sempre de roupa preta. Morava no sítio desde sempre, antes da chegada dos naturalistas. Viveu com László até ele ser obrigado pelos filhos a abrigar a legítima esposa, Franciska, que tinha vindo depois de alguns anos longe. A partir de então, Anna e Lázló nunca mais se falaram. Pelo menos, não na frente dos outros. Os encontros aconteciam à noite, com o sítio mergulhado no silêncio, e aos sábados, quando Anna se trancava em casa e ninguém cogitava aparecer. Não sei que desculpa László inventava para se ausentar de casa nesse dia e ir encontrar Anna, mas após a minha descoberta, peguei o hábito de visitar Franciska aos sábados. Era um jeito de ser solidária a ela, como se minha companhia fosse remendando buracos de sua vida. Ela preparava geleias e Judith assava os pães para acompanhar. Tudo delicioso. O cheiro tomava conta do sítio e, com o passar do tempo, aquele virou o programa das tardes de sábado, todos na casa dela para comer pão com geleia. Exceto László e Anna. Juli e eu sentíamos uma espécie de altivez generosa com o nosso segredo, sabíamos mais do que os outros mas nada revelaríamos. Não era da nossa conta. O segredo nos fazia sentir importantes, apenas isso. László voltava lá pelo fim da tarde, sempre o olhar melancólico de quem parece pregado numa fundura distante e não tem como sair. Ia para o galpão onde tinha montado a marcenaria e ficava entretido com as madeiras. Nem abelhas mais ele podia criar depois do acontecido com Tia Maria. Foi o homem mais nubloso que conheci, apesar do olho tão claro. Franciska, farta de alegria, era quase uma afronta diante daquele homem apartado de gente e que tocava as almas com seu clarinete. Dentro de mim, achei que o romance dele com Anna sabatista seria boa coisa por dar um pouco de vida a tamanha desolação. Apesar de gostar tanto de Franciska, torci quietinha por László. Um segredo só meu que escondi no buraco da piscina. Por algum tempo.

Numa noite em que Juli e eu subíamos na jaqueira para espreitar o caminho, escutamos um psiu, psiu. Não demos ouvidos, mas os chamados ficaram mais próximos e vimos Tio Luiz olhando para nós. O que vocês estão fazendo, ele quis saber tentando subir na árvore com o jeito estabanado de menino em homem feito. Demovê-lo da ideia seria mais difícil do que ajudá-lo, fomos rápidas, mas dei uma resvalada em falso e caí, um baque surdo no chão. De pronto, László veio me socorrer, foi a primeira vez que o vi tão de perto. Um pouco atrás, Anna tentava se esconder de Lajos, um homem que olhava para tudo e queria saber de tudo. No dia seguinte todo o sítio já sabia das andanças noturnas e os dois nunca mais foram vistos juntos. Nem altas horas da noite. László passou a dormir no galpão da marcenaria e a falar com Franciska apenas o necessário. A música que tocava ficou ainda mais bela.

Os naturalistas tinham uma maneira peculiar de ser. A dieta, os exercícios físicos, o hábito de ficar olhando o nada como se admirassem um acontecimento de raro esplendor ou o modo solene com que se alimentavam de uma reles fruta da estação não me causavam tanta estranheza quanto a forma com que se relacionavam com as esposas. Pareciam fazer questão de dar mostras de acentuada indiferença. Exceto o homem da bicicleta, que andava sempre acompanhado da mulher, e Tio Imre, que quando estava em casa conseguia ser natural com Tia Maria como era com qualquer um, homem, criança ou ser vivente. O homem da bicicleta e sua companheira não davam mostras efusivas de afeto mútuo, mas estavam sempre juntos, marido e mulher. Os outros moravam em casas separadas das esposas e nunca eram vistos trocando com elas senão palavras curtas. Gábor era o mais radical, sua mulher estava proibida de pisar no sítio. Tiveram duas filhas, mas Gábor nunca se conformou por não ter tido um filho homem. Responsabilizou a mulher pelo fato e expulsou-a para sempre de sua vida. Ele era assim, intenso e definitivo. A filha mais velha, Juli, era criada como menino, vivia de calça curta e ajudava o pai na venda de secos e molhados como se fosse um rapazinho, carregando fardos de cereais de um lugar a outro e cuspindo de lado quando alguém lhe chamava a atenção. Mas, na verdade, o sítio era uma terra de mulheres e tudo girava ao redor delas. Os homens podiam ficar distraídos com os próprios assuntos porque estavam lá as mulheres e seus fazeres para sustentar o mundo na órbita.

Havia uma espécie de organização subentendida que cumpríamos sem dar ciência, privados de arroubo ou desprezo, um modo comum de ser em que éramos livres e juntos. Qualquer novo morador em pouco tempo se harmonizava. Desde que não entrasse gritando os próprios mandos. Foi isso que atrapalhou a vida de János e Tereza no sítio. Mais por ela. Meu avô já era homem cansado que sabia fazer frente à acidez do mundo sem maiores danos. Gostava de pão doce e marcenaria. Estavam lá Judith para servi-lo e o galpão de László que ele podia usufruir desde que silencioso. Ficavam os dois, János e László, trabalhando madeiras sem barulho de voz, em consonância com os sons que o trabalho produzia.

Tereza vagava o azedume pela vizinhança. Sempre de preto, um lenço nos ombros e outro toldando os cabelos e a testa, lá ia ela de um lado a outro. Nunca para prestar serventia. Gostava de ficar a distância, observando o que cada um fazia e colocando defeito em tudo. Resmungava queixas e ameaças e não deixava ninguém se aproximar. Tinha alguma semelhança com Anna sabatista, mas como dois bicudos não se bicam, duas azedas não se adoçam. Pouco ou nada se falavam, embora fosse perceptível a fagulha de simpatia que resplandecia no olhar delas ao se cruzarem. Tereza tentou se juntar aos naturalistas, talvez por achar que seriam europeus de hábitos diferenciados, mas desistiu assim que sentiu de perto o cheiro que exalavam após o suadouro. Apenas quando a filha Rózi vinha de visita junto com minhas irmãs, é que ela se sentava na grande mesa da varanda para fazer as refeições. De resto, não se juntava a ninguém. Era arredia e sobranceira. Nunca me deu atenção nem nunca me fez mal ou bem. Muitas vezes preparei uma cesta de frutas recém-colhidas para ela. Ao receber não dizia nada, não dava mostras de contentamento, mas comia tudo. No dia seguinte eu encontrava as cascas e os caroços atirados no quintal desde a janela de seu quarto. Lajos às vezes lhe fazia companhia, mas era Rozália quem cuidava dela. Sem reclamar. Quem reclamava era Tereza, praguejando e culpando a enteada por todos os dissabores e solidão que sentia. O amargoso do seu temperamento era igual neblina que se espalha e engole luz e calor. Se ela ficasse por mais tempo num mesmo lugar, uma espécie de sombra envolvia o ambiente, folhas iam perdendo verdor e frutas encruavam ou caíam precoces do galho. Bicho nenhum chegava perto, exceto moscas azuis que voavam quadrado. Mas fosse pela distância que guardava, fosse por sua falta de viço, o sombreado não contagiava pessoas. O que se deu foi que ela própria foi ressecando como fruto que perde a água e fica cada vez mais franzino. Toda ela uma uva-passa. Os olhos continuaram gotejando amargor até o fim. Teria morrido no sítio não fossem os gritos que dava à noite, uma enfiada de xingamentos e palavrões em húngaro que sobrepujavam o som melodioso do clarinete de László. Exigiu de János que a levasse a uma cidade grande para terminar os dias. Antes de partir, Rozália lhe disse tudo que sempre quis e nunca teve coragem, um rosário de desmandos guardados por anos que saíram igual torneira jorrando. Tereza, embora fraca para o embate, tentou calar minha mãe com gritos, jogou lenço, raiva e xingamentos, mas Rozália só silenciou quando se deu por satisfeita. Caladas as duas, entreolharam-se, Rozália serena e remediada, Tereza em pânico. A mesma expressão que tinha ao morrer, pouco tempo depois.

Não sou de guardar rancor. Mas tenho respeito aos meus sentimentos. Posso resistir a privações e qualquer tipo de desconforto porque sei que tudo encontrará, mais dia menos dia, maneira de derramar-se. Tantos anos de destrato vividos com a madrasta nunca foram esquecidos. Quando ela chegou à aldeia, quis ser sua amiga. Mas tudo nos separava, a maneira de ser de uma era aspereza para a outra. O que nos unia eram meu pai e Lajos num primeiro momento, e depois também Rózi. Sobretudo Lajos. Nenhuma das duas poderia viver afastada dele. Lembro-me de vezes na aldeia em que comíamos em volta do fogão sem nos falarmos nem olharmos, mas bastava Lajos começar a ganir fininho que diferenças eram esquecidas e nos juntávamos para aclarar desejos e faltas dele. Momentos desses se repetiram no sítio, embora tivéssemos ficado mais dissimuladas e cada qual escondia da outra, e até de si mesma, o desinflamar das ardências em comum. Na conta dos anos, acho que fui mais feliz do que triste ao lado dela. Porque a amargura de Tereza serviu para me fazer diferente dela. Em tudo que a vi escura e azeda, procurei ser clara e doce. Até na hora de pôr fim aos seus desmandos. No final, não fiquei leve como imaginava. Senti compaixão ao enxergar nos olhos dela a vertigem da morte se aproximando.

Ethel ficou doente. Ascite foi o diagnóstico. Sentia-se oca por dentro, uma secura que parecia grudar pele no osso, deixando-a escavada como o buraco da piscina. Era só uma sensação, pois tinha uma enorme barriga redonda, como uma gravidez de água, apesar do jejum imposto por Tamás. Para os naturalistas, o jejum limparia o organismo e a curaria. Para os outros, coalhada fresca era o remédio ideal. Ethel sentia fome e, mais que isso, queria rechear as concavidades imaginadas. Quando Tamás ia para o suadouro, eu levava a coalhada fresquinha para alimentá-la e ela me pedia para contar as novidades, *mi újság*. Quando não as tinha, criava alguma. Ou levava Tia Rózsa para contar histórias. Mesmo de cama e com os apertos do vácuo que a consumia, Ethel não perdeu o senso de humor. Divertíamo-nos trocando histórias e cumplicidade. Contei segredos inventados e escutei revelações que jurei não repetir. Uma brincadeira que nos deixou muito próximas, como se pudéssemos sentir coisas uma no lugar da outra. Eu nada sabia de suas dores, mas dividia com ela os instantes de alívio. Todos os momentos que passamos juntas foram de alegria, uma alegria calma e descompromissada.

Um dia Tamás voltou mais cedo do suadouro. Escutamos a porta se abrindo e rápida escorreguei para baixo da cama enquanto Ethel escondia entre os lençóis o pote de coalhada. O marido entrou no quarto e sentou-se ao lado da cama sem dizer nada. Eu só via seus largos pés imóveis, os dedos esparramados no chão. Tamás era obstinado, poderia ficar horas no mesmo lugar observando em silêncio, à espera da melhora de Ethel. Não sei quanto tempo fiquei embaixo da cama. Ouvi a algazarra dos passarinhos anunciando o fim do dia, vi a luz do quarto enfraquecendo, senti sono, senti fome, inventei jogos de descobrir formas no desenho do piso e os pés de Tamás continuavam fincados no chão. Uma companhia muda, porém, marcante. Tenho certeza de que não tirava os olhos de cima da esposa. Algumas vezes ela se mexia e soltava um suspiro espichado ou uma tosse fingida que eu entendia como sinal de solidariedade. Só me restava esperar. Quando escureceu de vez, ele foi embora. Saí do esconderijo e fiquei impressionada com a expressão serena de Ethel. Não tinham trocado palavra, mas a aparência dela era de quem tomou banho e trocou de roupa. Nenhum sinal da palidez que a mirrava. Os olhos azuis estavam brilhantes e a face renovada apenas pela presença do marido. Era a remissão dos vazios e da fome que sentia. Comentavam que Tamás se sentava junto da esposa para garantir o jejum dela. Eu vi que não era só isso. Havia uma cumplicidade muda entre os dois que ninguém conhecia. Pena ele não se demorasse mais. Talvez ela tivesse sarado.

Ethel, o canal de ligação do sítio, que trazia e levava as novidades entre todos, viveu sozinha as dores que a secavam e a delícia de que se nutria. Nem toda a coalhada do sítio nem a companhia do marido foram suficientes para recheá-la a ponto de sair andando e voltar a passear no caminho. Morreu num dia de sol pleno, um pouquinho antes de o marido ir para o suadouro. Tamás quis enterrá-la no buraco da piscina para tê-la ao alcance dos olhos, mas foram os naturalistas que o dissuadiram. A charrete de Imre levou o caixão e Tamás foi andando atrás, falando com ela durante todo o trajeto, os cinco quilômetros que separavam o sítio do cemitério da cidade. Levanta daí, Ethel, eu te tratei direitinho, eu te fiz jejuar, para de brincar e levanta daí, eu te amo, volta pra casa, Ethel. Depois disso ele foi todos os dias ao cemitério. Vestido de calça e camisa, os pés descalços. Ia caminhando. Não adiantava oferecer carona de charrete, de bicicleta, do que fosse. Lá ia ele a pé, com o enorme chapéu de palha, levar flores e conversar com sua Ethel. Cumpriu sua existência com a firmeza de um naturalista até ficar velhinho e fraco de não conseguir mais andar.

A tarefa de levar e trazer novidades passou para mim, que gostava de contar e ouvir histórias.

A vida no sítio era um existir no tempo, atravessar dias e noites de um jeito livre, para mim, o modo húngaro de ser. Tia Rózsa me esclarecia o mundo e tudo me ensinou desse hábito de se deixar ficar. O que era solidão que não encontrava alívio conhecido, eu despejava no buraco da piscina. Todo o resto era viver. Eu também tinha aprendido a cheirar no ar as variações do dia e a antecipar o acontecido antes que se tornasse visível. Como Tia Rózsa, como minha mãe. No episódio das vacas, sentir o cheiro dos animais muito antes de chegarem não foi novidade. O que me espantou foi a aragem de despedida que veio junto.

Desde cedo senti indício de vaca. Não era cheiro trazido por vento nem parecia odor amanhecido, dos que ficam grudados na roupa e na pele. Era frescor bem vivo espalhado pelo sítio. Saí em busca do cheiro, andei por tudo, percorri o caminho de ponta a ponta, vasculhei o lago, as encostas do rio, subi no mirante da casa de Imre, avistei animal nenhum. Não encontrei Tia Rózsa para conferir meus presságios. Rozália, inalando profundamente o ar, confirmou, era cheiro antecipatório. Tinha o cheiro mas não tinha o bicho. Quase no fim do dia chegou o caminhão trazendo Tia Rózsa. Na carroceria vinham os animais, uma vaca grande, outra menor e um bezerro. Estáticos, resignados, um olhar profundo e vago. Todos nos juntamos em volta da novidade. Uma tábua larga e grossa servindo de rampa trouxe os bichos para o chão. Um por vez desceu com o andar pesado e temeroso.

Criar vaca não era hábito no sítio, mas o fato não causou espanto. Ninguém quis saber de onde vieram ou a que se prestariam, mas de imediato começou a falação sobre o melhor lugar para deixar os bichos e a necessidade de um cercado e um teto de proteção para os dias de chuva. Tamás se dispunha a construir o estábulo, mas era contra a ordenha. Para ele, criar vacas era o mesmo que criar cachorro, passarinho ou cobra, apenas um conviver e cuidar sem tirar proveito. Enquanto o cercado não estivesse pronto, para evitar que os animais se perdessem, decidiu-se deixá-los no buraco da piscina. De novo a rampa de tábuas e o andar lento e desconfiado. Lajos desceu na frente para assegurar a travessia e passou a primeira noite junto às vacas. Animal e gente é tudo igual na sensibilidade, ele falou quando levei café antes de dormir. O buraco da piscina tinha virado cemitério dos meus segredos, mas havia também bichos enterrados lá. Fiquei um tempo com Lajos, escutando o silêncio imóvel daqueles animais desanimados. Nesse instante, eu era como meu avô, pai e tios que tinham morado num cemitério.

    A chegada das vacas trouxe Gábor para perto. Diariamente vinha com um saco de ração feito por ele, uma mistura de feno com sementes diversas. Juli trazia outro enorme saco com o capim que foi sendo plantado aos poucos. Ao mesmo tempo que Gábor despejava o alimento para as vacas, Judith ia esfarelando a ração, nos dedos a rapidez e desenvoltura com que amassava pães. Tamás construiu o estábulo e Lajos o ajudou. Como sempre acontecia, a novidade foi acolhida por todos e integrou o viver cotidiano. Sem estranhamento. Em poucos dias as vacas puderam sair do buraco da piscina e pastar livremente pelo sítio. Como animais domésticos que eram, logo manifestaram preferências, escolhendo cada qual seu dono. O bezerro afeiçoou-se a Lajos. Era comum vê-los, bezerro e homem, sob a mesma sombra de árvore, um assistindo à paisagem, outro com o olhar insistente e servil ancorado em seu dono. Uma das vacas apegou-se a Tamás. Passava boa parte do dia diante da casinha de sapé. Era a única que, quando tangida, seguia de bom grado para o estábulo. O bezerro tinha de ser puxado. Já a vaca grande nunca aceitou cercado. A primeira noite em que foi colocada lá permaneceu ao lado da porteira, cara virada para o mundo, mugindo sem trégua. Era bicho que não se deixava confinar, a exemplo da dona que escolhera. Acompanhava Tia Rózsa a uma distância respeitosa, guardando na lonjura os limites impostos pelo temperamento solto de ambas. Ninguém se perguntou por que os animais foram trazidos para o sítio. Com a mesma simplicidade com que chegaram, passaram a fazer parte da paisagem. O que trouxeram de novo foi o capim e a placidez. Além da aragem de despedida, que se confirmou algum tempo depois.

Gábor, pai de Juli, foi o homem mais triste e sisudo que conheci. Dava até aflição. Era naturalista, mas nem com seus pares se relacionava. Um homem arredio que tinha sofrido muito durante a guerra. Talvez por isso o gênio tão arrebatado e a vida afastada numa casa grande, desocupada de móveis e gente. Fosse pela vontade do pai, Juli, a filha mais velha, jamais teria se aproximado de nós. Nem o primo dele, Péter.

Péter costumava aparecer para o café da tarde. Aproximava-se de mansinho, como quem não quer nada, mas assuntando maneira de dar palpite. Tinha o jeitão enxerido de Lajos, com a diferença de ser homem convencido. A todo instante tentava ser o centro das atenções. Suas aventuras eram sempre heroicas e no mais das vezes fantásticas, inverossímeis não estivéssemos no sítio dos hungareses. Andarilho como Tia Rózsa, era comum vê-los juntos passeando histórias. Mas foi József o elo que o aproximou ao sítio.

Admirava os desenhos de meu pai e dizia que tamanho talento deveria ser mais bem aproveitado. József não tinha interesse, os desenhos eram sua conversa particular com o mundo e, por ser homem reservado, podiam permanecer em âmbito restrito. Mas Péter compreendeu a sensibilidade estética de József e um dia apareceu trazendo um tecido de fios ralos e uma caixa com diferentes linhas para acompanhar com bordados os traços do desenho que meu pai ia fazendo. Cada risco no papel virava caminho cerzido no pano, um delineando com lápis, outro com agulha e linha e assim, como palavra traduzida, o riscado de József ganhou linguagem nova. O que estava no papel apareceu no tecido e József se encantou com a possibilidade de costurar seus desenhos. Passou a desenhar não apenas o que olhava no de fora, mas também as visões que enxergava para dentro. Péter levava os desenhos para a cidade e retornava com as mesmas imagens derramadas em tecidos que podiam se transformar em tapete, colcha, almofada, toalha de mesa e até roupas. Tudo espelhando as profundezas de meu pai. Rozália olhava para os tecidos e olhava para o marido. Era quem melhor compreendia o que estava sendo revelado por aqueles padrões. Recortou amostras de cada tecido para compor a história de sua vida, colocando-as na caixa dos desenhos. O que ela era estava nesses guardados. Idêntico hábito ao de Tia Rózsa com sua arca.

Muitas coisas foram feitas no sítio com aqueles panos. Tia Maria escolheu estampas que falavam emoções da terra natal e aproveitou-as para cobrir almofadas e camas. Franciska encontrou dentre as amostras recortes de peças teatrais de quando József era ponto; fez várias cortinas diferentes e dependurou-as nas duas laterais da varanda, criando os cenários onde cantava árias como se estivesse no palco. Foi nesse lugar que interpretei minha primeira personagem a uma plateia. Até Tamás ganhou um pano para enrolar-se no suadouro, feito com tecido onde ardia a saudade da fábrica de carvões. József, com estampas determinadas, costurou roupas às filhas, vestindo-as com seus dizeres. Para cada uma a palavra certa. Tinha descoberto um jeito muito próprio de exprimir-se com os tecidos que uniam a arte de desenhar com a arte de coser. Por meio de um alfabeto silencioso, o sítio transformou-se num desenrolar de panos e histórias.

Para Péter, a quem as próprias histórias bastavam, o que os panos contavam era coisa que não lhe chegava aos ouvidos. Olhava os desenhos apenas como traços simétricos e ordenados que, à medida que iam sendo transformados em estamparia, faziam dele tecelão. O mais era conversa de mulheres que não lhe causava impacto. Embora sua soberba não convencesse ninguém, era o precursor da palavra tecida entre os hungareses e foi por gratidão, e ideia de Tia Rózsa, que no dia do aniversário dele organizou-se uma festa na varanda da casa de Franciska. Uma das raras ocasiões em que se juntaram naturalistas e não naturalistas. Até Gábor compareceu. Teve de tudo. Maria e Rozália, revivendo a época da *puszta*, dançaram músicas ciganas ao som do clarinete e da flauta, József bebeu e rodopiou ao ritmo de *csárdás*, Franciska cantou árias que traduzira para o húngaro e as comidas e as bebidas saciaram fomes antigas. Uma festa para celebrar essa vida inventada no sítio, o jeito especial e único de trazer a pátria para perto, de estar em espaços e tempos diferentes simultaneamente, misturando culturas e hábitos para formar a nova identidade. Uma festa que poderia ter se prolongado por dias, como o carnaval da aldeia, para provar que distâncias são representações mentais e que o mundo se completa dentro de cada um quando as histórias são contadas. Celebrávamos a etnia e a diversidade dos Bálcãs nos trópicos. Tudo era comunhão.

Juli e eu inventamos que esse era um momento de tempo vazio, como o buraco da piscina, e atiramos fora regras e proibições. Experimentei da *pálinka* – que József tomava com entusiasmo para nunca mais largar – e Juli comeu carne, muita carne. Deliciou-se, fartou-se, desgovernou-se.

Diante de todos, numa espécie de carnoembriaguez, ofereceu linguiça ao pai. Gábor, crescente de ira, ordenou que a filha largasse de imediato o pedaço de carne que fazia mal só de ser tocado. Juli largou o alimento dentro da própria boca e riu enquanto o resto silenciava. Um silêncio denso, recheado de atavismo e reverência ao gênio húngaro. Gábor pegou a filha, forçou-a cuspir o que tinha na boca e, com olhos definitivos, amaldiçoou os carnívoros do sítio e todas as gerações subsequentes. Cuspiu também ele no chão, como se renegasse aquele pedaço de terra e tudo o que nos aproximava, e responsabilizou Péter pelo ocorrido. Afinal, era comemoração do aniversário dele. Dizendo que jamais tornaria a vê-lo, partiu levando as duas filhas como se arrastasse pesadas cordas, uma em cada mão.

O silêncio durou até a imagem dos três diluir-se na distância. Péter gritou para a noite, chamou o primo e pediu perdão por tudo que tinha e que não tinha feito. Parecia menino desamparado. József ofereceu-lhe o copo, ele bebeu de um só gole, repetiu a dose uma, duas, três vezes, agradeceu pela festa e pela confiança nos tecidos que fabricava, e foi embolando passos em direção contrária a Gábor. Tia Rózsa e a vaca grande o acompanharam até a entrada do sítio. Ele nunca mais voltou. As notícias de sua vida foram sendo trazidas aos poucos, um tanto por Juli, que podia frequentar a casa de Imre, outro tanto pelo filho dele, que vinha à procura de Agnes, e grande parte por Rozália, que se tornou amiga de Péter. Nunca mais ouvimos de sua boca os relatos fantásticos nem recebemos mais amostras de tecidos. Mas as histórias que os panos nos contavam permaneceram e se abriram em outras tantas.

Nossa casa e a de Tio Imre eram vizinhas. Um único caminho levava às duas, a estradinha estreita e sombreada que durante o verão se cobria de flores amarelas. Lugar ideal para estar durante a tarde, quando o calor queimava nosso ânimo. A porteira ficava no começo da estradinha e, entre as casas, nenhum limite outro que o jardim de cada uma. Morávamos separados mas juntos. O dia inteiro vivíamos o ir e vir de um lado a outro numa proximidade maior do que com qualquer outro integrante do sítio. Era amizade antiga que vinha desde antes do nascimento das filhas de Rozália e József. Mesmo que durante um largo período tivessem convivido pouco, os laços pareciam impossíveis de serem afrouxados. Muito menos de se desatarem. Naquele sítio não havia o inusitado e as coisas desacreditadas aconteciam com a mesma naturalidade de um dia após o outro. Na véspera, compadres, em seguida, a virada brusca. Tudo convertido em rancor e maledicência. Um campo que se cobriu de mato e entulho para nunca mais.

Numa tarde quente como outra qualquer, apareceu no sítio o enteado de Imre cheio de pressa. Os dois estavam brigados e não se falavam, mas a casa era de ambos, por direito. Tio Imre morava nela e o enteado chegava quando queria. Uma situação tensa que poderia soltar faísca em quem se aproximasse. Naquele dia, sabendo que Imre andava pela cidade, o enteado deixou a traseira da velha camionete atravancando parte da passagem, em frente à nossa casa. O que não seria afronta caso Tio Imre não chegasse de repente e resolvesse ali mesmo, naquele chão de terra batida e sombreada, extravasar os anos de discordância engolida entre ele e o filho da primeira mulher. Pôs-se a gritar, ensandecido como cão danado, que tirassem o carro para ele passar com a charrete. O enteado não apareceu. Imre mudou de alvo e passou a gritar seus impropérios aos meus pais, que, ele supunha, teriam autorizado a entrada da camionete. Assisti a Rozália apertar têmporas e ouvidos para não escutar o alarido. Era melhor calar. Não consegui fazer o mesmo. Só me dei conta do gênio húngaro que carregava, quando me vi sair de casa decidida a enfrentar de igual para igual Tio Imre. Ele em cima da charrete, eu aterrada no caminho. Os dois enormes em sua fúria. Que fosse gritar no próprio quintal e nos deixasse em paz, não tínhamos nada a ver com seus desafetos. Tio Imre ficou ainda mais irritado, como uma pirralha se atrevia a falar com os mais velhos nesse tom. Ele esbravejava em húngaro palavras que eu não entendia, mas estava clara na expressão de seu rosto e gestos a tradução do que dizia. O homenzarrão engolido pela raiva diante da menina ousada e irreverente, um quadro quase cômico, não fosse real.

A briga era nuvem escura, ninguém se atrevia a chegar perto, até os cachorros se afastaram. Imre expulsava de dentro de si impossibilidades e desavenças antigas que já não tinham nada que ver com o que estava acontecendo. Era um caminho parcialmente interditado que decantava o poço de raivas guardadas.

Eu nada sabia das histórias de tio Imre com seu enteado, o que me revoltava era aquela enfiada de xingamentos vinda do homem que tinha costurado as roupas da minha boneca, que tinha nos levado para o sítio pela primeira vez e que tantas vezes tinha brincado comigo na jaqueira. Meus berros na verdade eram de contrariedade, coisa que só depois eu percebi. No momento era tudo ou nada, eu contra ele, quem gritava mais alto, quem teria a última palavra. O entrevero terminou com a vinda de meu pai que, chegando da cidade, soltou o freio de mão da camionete e empurrou-a uns poucos metros para liberar a passagem. Com o caminho livre, foi-se a charrete e foi-se a amizade. Rompida para sempre, corda que arrebenta e não tem mais conserto.

Não foram poucas as tentativas de remendar o desfeito. Meu pai diversas vezes procurou Imre e apelou às alegrias do passado, mas a elegância dos modos de József era remédio brando. Rozália engoliu orgulho e mágoas e também foi ter com Imre. Ele olhou-a sem vê-la e não lhe devolveu palavra. Tia Maria nada fez, deixou claro que seria fiel ao marido e não apareceu mais, nem mesmo para dizer o adeus dependurado desde a época da *puszta*. Eu me meti uma vez mais. Fiz um lindo buquê de flores brancas e ramos de lavanda que ele não quis receber. Riu na minha cara e disse que de mim não aceitaria nada, mesmo que estivesse morto e enterrado. E me chamou de feia. Todos do sítio tentaram remediar o ocorrido à sua maneira. Não teve jeito. Meus pais e eles nunca mais se visitaram. Tio Imre virou inimigo para sempre.

Até hoje, tantos anos depois, em dia de finados costumo levar flores a ele no cemitério. Só não sei se por solidariedade ou vingança.

⁂

Há coisas que acontecem porque têm que acontecer. Sem explicação. Ter conhecido Imre na loja de tecidos foi coisa fortuita que mudou a direção de minha vida. Tanto ele como Tia Rózsa são pessoas que se prestam a isso, determinam os passos de outros sem nem ao menos se darem conta. Em tantos anos de convivência nunca houve discordância entre nós. Durante o período em que trabalhou na alfaiataria de József, nosso convívio foi diário. Ver József e Imre juntos era atraente por contraditório. Um alto e desengonçado como um boneco de pau, o outro pequeno e elegante com uma precisão de gestos a toda prova. Vivíamos em harmonia sem que ninguém se esforçasse. Era natural em nós sermos próximos. Gostava de ver o modo como ele lidava com crianças. Apesar de desajeitado, encontrava maneira de se fazer delicado para brincar. Mas nunca quis ter filhos. Achava que, quando crianças, iriam restringir sua liberdade, ao crescerem poderiam se tornar adultos enfadonhos. Talvez temesse que um filho saísse a ele e escancarasse para o mundo seu lado escuro. Até o dia da briga eu não tinha conhecimento do azedado de seu temperamento. Imagino que, tendo sido represado durante tantos anos, quando encontrou brecha, desaguou no berreiro desmedido que o sítio inteiro teve de escutar. Tapei ouvidos para escapar de ouvir tudo aquilo. Que homem era aquele que se abespinhava por uma coisa de nada e jogava por terra amizade tão antiga? Não sei se foi por orgulho ou vergonha que ele não quis mais nos ver. Procuro no guardado dos anos os motivos que ele teria tido, mas tudo o que encontro é o oco do destempero, um lugar vazio e seco que só mostra o avesso dele. Onde ficou Imre?

↭

Diariamente Judith passou a me trazer pão doce em troca de ouvir o que ela já sabia perfeitamente sabido e decorado, tantas vezes eu repetia. Fazia as mesmas perguntas sobre a mulher que eu encontrei na garupa do cavalo naquele dia em que tínhamos fugido do sítio. Eu tinha de recontar a história nos mínimos detalhes e de maneira idêntica todas as vezes. Se mudasse uma entonação ou alterasse a ordem de algum pormenor, ela tirava o pão doce de minhas mãos e me corrigia. Se eu dissesse tudo ao revés ou em linha reta, pouco importava, era sempre o relato do mesmo acontecimento. Estávamos Juli, Agnes e eu andando entre o sítio e a cidade quando passamos por um homem e uma mulher a cavalo que nos saudaram e Agnes respondeu ao cumprimento. O que ela disse? Somos húngaras, do sítio dos hungareses. E o que mais? Somos húngaras, dissemos em uníssono, eu cantarolei a melodia do clarinete de László, a mulher assobiou um trechinho e falou em húngaro. O que ela disse? Olá, *szervusz*. E o que mais? Perguntou como estávamos passando. *Hogy vagy?* É, *hogy vagy*. Vocês responderam? Não. Por quê? Sei lá. Como era ela? Uma mulher bonita, pele alva e olhos claros. Parecia húngara? Acho que sim, pelo menos falava húngaro. E o que mais? Usava um vestido por cima do outro. Quantos? Não sei. E depois, o que aconteceu? Depois nada, eles foram embora. Terminada a história, Judith saía para voltar no dia seguinte e ouvir idênticas palavras.

Desde a primeira vez que lhe contei o ocorrido, começou a metamorfose. No início, apenas Rozália percebeu. Como um filme passado de trás para frente em câmera lenta, Judith foi se desconstruindo em moroso entardecer. A cada dia um recuo. Mínimo, quase imperceptível, porém definitivo. Começou a errar o ponto de sova da massa e seus pães ficaram amanhecidos. Podia-se até atribuir à má qualidade da farinha, mas era o movimento de mãos de Judith que estava deslocado, os dedos esmigalhavam o ar e se enroscavam de maneira canhestra parecendo ter cinco polegares em cada mão. A crescente perda de habilidade foi sendo compensada por um balbucio tímido, quase inaudível, mas que se adensava em igual proporção ao desajeitamento das mãos. Mais desencontrados os movimentos de dedos, mais os lábios se agitavam. Toda ela uma desarmonia incontrolável de gestos. Depois vieram os sons. Murmúrios indistintos foram se agrupando e, como rio que se avoluma a caminho do mar, os lamentos se juntaram às queixas que se juntaram às dores que se juntaram às recordações que desaguaram na vasta ausência da filha. Aí os dedos já não se movimentaram mais, só os lábios no contínuo esfarelar de sua ladainha sovada e repisada dia após dia, ano após ano, desde o sumiço da filha na aldeia. Judith fixou-se no quintal da casa de Rozália e, com três vestidos sobrepostos, esperava pela hora de sair em busca da filha. Nada do que fosse dito poderia dissuadi-la. Ansiava pela companhia de Rozália para completarem o que tinham começado um dia através da península balcânica. Do mesmo modo que tinha me feito repetir à exaustão uma história sem mudar vírgula sequer, queria refazer o passado tal e qual. Minha mãe tinha sempre uma desculpa para adiar a partida e Judith acostumou-se a esperar no banco do quintal, embalada ao som da própria cantilena.

Como sempre acontecia, o inusitado foi acolhido. Sentar-se com Judith a qualquer momento do dia ou da noite passou a ser rotina de muitos. Eu mesma fiquei junto a ela tantas vezes que aprendi a imitar a ladainha, uma sucessão de queixas com intervalos regulares, alternados com repetições variadas de um ou outro murmúrio em tom mais alto ou mais baixo. O efeito era de certa forma harmônico. Franciska interessou-se pela sonoridade dos lamentos e deles fez música. Cantando juntas a lamúria de Judith, nos veio a ideia da representá-la. Tínhamos palco, cenário e público. Franciska tirou uma das cortinas da varanda para transformá-la em figurino para mim. Vestida com a cortina sobreposta à roupa e um penteado que levantou e amarrou todo meu cabelo para cima, mais parecendo um ninho sobre a cabeça, fiz minha estreia na varanda da casa de Franciska. Na plateia, todos os moradores do sítio. Encenamos as caminhadas pela *puszta*. Eu representei Judith, Tia Rózsa fez o papel de Rozália e Franciska entoou o canto lamuriento sob o formato de árias de uma farsa burlesca. Para mim, o início da carreira de atriz. Para Judith, o ponto que faltava para fechar ao seu redor o círculo do eterno refazer. Tomou Tia Rózsa por Rozália e acabou encontrando, algum tempo depois, a maneira de repetir-se atrás da filha perdida.

Rozália andava pelo sítio com seus cachorros a plantar árvores e catar matos. Tinha sempre um olhar ancorado no horizonte e o outro pregado embaixo do nariz. Como se pudesse estar no todo e na parte ao mesmo tempo. Junto de minhas irmãs, plantou todas as árvores frutíferas em volta de casa. As mais bonitas eram as jabuticabeiras, seis de igual tamanho, uma ao lado da outra, as ramificações entrelaçadas formando um tapete sombreado onde gostávamos de estar depois do almoço, hora de calor extremo. Ficar parada esmorecia os suores, dizia. Muitas das histórias me contou nesse lugar. Mas só gostava de falar da vida da aldeia. Era a saudade grande que sentia e era também a alegria sossegada de ver no de agora o passado reinventado. Percebia semelhanças entre a vida no sítio e a vida na aldeia. Enxergava em mim a menina que ela era, igual jeito de ser solta e inventiva. A mesma liberdade de dentro visível no de fora. Exceto no mexer com dinheiro, aí eu era gastadeira como József. Na filha mais velha estava Tia Rózsa, o mesmo apego aos bichos e o modo peculiar de olhar tudo pelo lado do avesso. Meu pai era renovado na filha do meio, igual capacidade de ficar retida em minúcias. Também nos habitantes do sítio minha mãe encontrava personagens da infância. Anna sabatista repetia a madrasta na acidez austera, enquanto o lirismo dos ciganos era reproduzido na música que cobria o sítio à noite, László no clarinete e o homem da bicicleta na flauta. Como se a vida fosse um padrão a ser repetido incontáveis vezes, sempre o mesmo cenário ambulante com variado matiz.

Senti coisa semelhante ao visitar a aldeia da minha mãe anos depois. Levava um antigo álbum de fotografias de família junto à ansiedade e ao receio com que atravessava as ruas sempre desertas. Tudo calor e silêncio. Sentia a presença das pessoas, mas não as via. A aldeia parecia parada no tempo e correspondia às descrições da minha mãe: as duas igrejas, a católica e a protestante, uma ao lado da outra, as ruas tortuosas e esburacadas, o caminho no meio do cemitério e a colina próxima à estação de trem desativada. Só faltavam pessoas no cenário.

    Encontrei por fim dois homens conversando no portão de uma casa. Pedi informação, eles olharam assombrados, não me entenderam e, de repente, sem mais quê nem por quê, outras pessoas saíram não sei de onde e se juntaram a nós. Lá estava eu, cercada por seis ou sete pessoas e tentando me expressar em húngaro. Os camponeses falavam, gesticulavam ansiosos, discutiam entre si ávidos por uma explicação, enquanto o pequeno álbum de fotografias que eu trazia passava de mão em mão junto ao par de óculos itinerante. A insistente pergunta sobre a localização da rua de minha mãe, *Zrinyi Utca*, dançava no olhar atônito do grupo junto a uma enfiada de palavras obscuras, quando um deles reconheceu o irmão mais velho de meu pai em uma das fotos, Tio István. O fio da meada estava puxado e após um breve momento de silêncio, o instantâneo da descoberta, o grupo entrou novamente em comoção, todos falando ao mesmo tempo, uma enxurrada de palavras, para mim desprovidas de sentido. O de olhar terno comunicou por meio de gestos e uma expressão consternada o falecimento de István, coisa que eu já sabia. Nova confabulação do grupo para decidir quem me mostraria a aldeia.

Um homem gordo, de olhar doce, seria o guia, empurrando sua bicicleta. De imediato lembrei-me de Gedeon. O homem era igual à imagem que eu fazia dele. A aldeia descortinou-se à minha frente, um grande povoado repleto de ruas sem nome, casas e mais casas, além do indefectível barro. Algumas vezes parávamos, o homem me olhava, tomava fôlego para falar, remexia a memória atrás de palavras que não sabia onde encontrar, até que desistia, retomava o guidão e continuávamos. Embora sem o idioma em comum, a cumplicidade encarregou-se de amarrar os fios da invisível conversação e atingimos aquele ponto em que o significado repousa muito além das palavras, em que os códigos carecem de tradução e as fronteiras são mera abstração geográfica a demarcar religiões, crenças ou regimes políticos, mas nunca o encontro. O homem mostrou as cicatrizes das costas e da barriga e apontou ferimentos na cabeça, os olhos de menino machucado revelando dores e fragilidade. E assim seguimos, calados e juntos, desconhecidos desde sempre, mas parecendo amigos de há muito. Eu refazia os passos de minha mãe e atualizava em mim o seu passado. Como se tivesse levantado a crosta do tempo. Rozália e Gedeon, eu e o homem da bicicleta. No fim do dia, ele indicou a direção para a estrada que me levaria de volta e cumprimentou-me efusivo, as mãos calejadas, os olhos de menino, a bicicleta enferrujada e à nossa volta toda a paisagem da *puszta* a nos unir. Pena a linha férrea estivesse desativada. Eu poderia ter revivido a personagem de Tia Rózsa e partido de igual maneira, num trem que me devolvesse a largueza do mundo.

Talvez fosse dessa sensação que Rozália falava ao puxar o fio de nossas existências. Um único e interminável fio se desenrolando num universo atemporal.

༄

Cada momento de vida é eterno. Ele dura o instante em que é e depois fica registrado em nós como um matiz que irá se repetir seguindo um ritmo próprio. Tenho a impressão de que o passar do tempo acontece numa espécie de movimento circular que nos devolve a cada tanto a um mesmo lugar de sensação. De igual maneira as pessoas, parecem um arranjo de ingredientes que se misturam ao bel-prazer. Combinações inúmeras, porém limitadas. Tudo padrões a serem repetidos. A vida no sítio foi continuação da vida na aldeia. O passado atualizou-se em cada pequeno gesto. O proceder das pessoas de lá foi se repetindo nas pessoas de cá. Eu mesma, muitas vezes, existi com jeitos que pareciam emprestados. A mesma maneira solta de ser de Tia Rózsa e a inclinação afetuosa ao passado igual a József. Em todas as pessoas de que gosto, enxergo uma mistura de traços que as torna familiares. Não sei se é assim ou se são os olhos do coração que as deixam iguais. Nas noites mais belas e profundas do sítio, fiquei sentada na varanda, escutando o som da natureza em movimento. Imóvel, esperava que os acontecimentos do dia passassem por minha cabeça e quando a agitação das lembranças se esvaziava eu não saberia dizer se estava no sítio ou na aldeia, um era reflexo do outro ou um e outro eram a mesma coisa. Instantes breves de existir sem tempo nem espaço determinados. De simplesmente estar.

༄

Depois que Juli, Agnes e eu tínhamos nos aventurado para fora do sítio, ficou mais difícil nos mantermos em espaço delimitado. O sítio tinha ficado pequeno e entre nós as diferenças se acentuavam. Continuávamos próximas, mas havia uma inquietação permeando os encontros. Juli assumia cada vez mais responsabilidades de trabalho com o pai e Agnes se desabrochava em interesse pelo filho de Péter. O que dividíamos eram momentos de pouca intensidade, um companheirismo que se mantinha mais à luz do hábito. Quando algo brilhava entre nós, era chama sem fogo. Eu acreditava que seria apenas uma questão de tempo, mais dia menos dia estaríamos as três vivendo o mesmo encantamento de antes. Nem tivemos tempo de recuperar o tom comum, pois logo em seguida Agnes deixou o sítio. Foi depois da madrugada em que acordou ouvindo os gemidos da avó no quarto ao lado queixando-se de muita dor na barriga. Agnes, sozinha na casa, saiu em busca do avô e ao voltarem encontraram Franciska caída no chão do banheiro, desesperada, sem conseguir se mexer. László tentou levantá-la, mas ao simples roçar de corpo ela gritava de dor. Aparentemente estava inteira, nenhuma perna ou braço quebrado, o que a afligia era invisível do lado de fora. Até no sofrimento Franciska foi exuberante. Seus gritos dramáticos incomodaram László e apavoraram a neta. Não deixava ninguém tocá-la. Tudo o que pediu foi conhaque para aliviar o sofrimento. László, perdido, saiu da casa, não se sabe se em busca de conhaque ou de ajuda. Agnes, sem conseguir dar um passo, assistiu sozinha à avó destilar a seco as últimas gotas de vida no chão frio do banheiro.

Com esse acontecimento, muita coisa mudou. Agnes partiu e, em menos de quinze dias, László seria internado no hospital pela primeira vez, o remorso beliscando seu coração. Ao voltar para o sítio, tinha se transformado num homem sem brilho nem vontade, passava os dias no galpão lixando madeiras ou sentado na varanda, tendo ao lado uma garrafa de conhaque. Não bebia, mas a deixava sempre ao alcance das mãos. Como se a mulher fosse retomar o pedido e ele, por fim, pudesse atendê-la. Nas noites, o clarinete continuava ressoando, embora cada vez mais inaudível. As internações foram se repetindo ao longo do ano. Eu visitei-o algumas vezes com Agnes. Ele nos pedia para ficar olhando se não tinha nenhuma bolinha de ar no soro. Só conseguia dormir se alguém vigiasse. Não se sabe o que o matou, se o coração ou o remorso. Numa manhã fria, László foi encontrado sem vida embaixo da jaqueira. Ao lado, o clarinete e a garrafa de conhaque, intacta.

Agnes voltou ao sítio algumas vezes, mas só para encontrar-se com o filho de Péter. O que tínhamos vivido juntas ficou guardado e isso foi coisa que eu nunca quis jogar no buraco da piscina.

Péter e József não se encontraram mais. Depois que Péter foi embora, volta e meia Rozália ia à cidade visitá-lo. Ele não quis mais receber os desenhos de meu pai. Trocou-os por paisagens de terras distantes que encontrou na enciclopédia emprestada pelo casal da bicicleta. Imagens impessoais que não contavam histórias, mas que foram reproduzidas em larga escala e viraram moda. Em pouco tempo Péter expandiu os negócios e conseguiu ser o que sempre quis, o centro das atenções. Estamparia Gábor, o nome que deu à tecelagem em homenagem ao primo, ficou conhecida por toda a região. Continuou amigo de Rozália, mas evitou qualquer contato ou relação com József. Não que não gostasse de meu pai. Disse a Rozália que devia seu sucesso à sensibilidade estética e delicadeza dos traços de meu pai, mas que voltar a falar com József seria o mesmo que andar para trás.

Lembro-me de quando estava com meu pai na cidade e vimos Péter passar na calçada oposta. Nenhum dos dois disse palavra. Olharam-se com ternura, sorriram e depois cada um continuou seu caminho. Embora afastados, continuavam em consonância. Ao voltar para casa nesse dia, József não precisou retratar o que sentia. Uma alegria íntima contornava-lhe o rosto.

Mesmo que Péter não se interessasse mais pelos desenhos, meu pai continuou com o hábito. A pilha que se acumulava, o espelho da alma, era seu alimento. Saciado das paisagens e do sentir cotidiano que retratava, József inventou de puxar o fio de sua vida desde o início e passou a redesenhar o passado, a chegada na aldeia, a convivência com Rozália, a vida no cemitério, a viagem de navio. Cada etapa com seu traçado. Quando chegou no período da morte do Coveiro, começou com a mania de construir um sótão na casa do sítio.

Talvez quisesse cumprir a antiga promessa que tinha feito ao pai, de ter uma casa com sótão no Brasil. Ou quem sabe tentasse homenagear o destino trágico do pai e do avô. Pediu a Tamás que se encarregasse do sótão. Por que uma construção em cima da outra? Tamás faria um sótão, sim, mas no térreo. Para ele, só passarinho é que vivia no alto, homens eram feitos para viver rente ao chão. Se quiser olhar o mundo de cima, suba em árvore ou no observatório de Imre, foi a palavra final de Tamás. Subir em árvore seria impossível para József, um homem habilidoso com as mãos e nenhuma destreza nas pernas. Chegar perto do observatório seria desafiar a ira e a envergadura de Imre. Os dois estavam brigados. Sem outro recurso, József passou a desenhar casas com sótão. A numerosa sequência de desenhos com diversos tipos de sótãos era um jeito peculiar que tinha encontrado de realizar, ainda que na imaginação, a lealdade aos antepassados. Foi nessa época que József começou a beber diariamente. Uma maneira de ser como o pai e o avô. Embora sua elegância.

Aceitei tudo o que veio de József, todas as manias e desvarios, porque sempre enxerguei por detrás de qualquer acontecido a delicadeza do homem que retratava a paisagem com os tocos de carvão. O que era risco fora do traçado, ele ajeitava com um simples deslizar de dedos. Tudo saído de suas mãos, desenho ou costura, era brando. E essa era a confiança que eu tinha nele. O que não estivesse bem, um desacerto entre nós, era corrigido por seus gestos leves. Com ele eu soube esperar. Quando começou com a ideia do sótão, achei que seria um rescaldo do sofrimento pela perda do pai e que logo se apagaria. Mas foi foguear sem trégua. József não largou mais a ideia de construir o sótão, o monumento em homenagem aos antepassados. Acho que essa tendência mórbida veio do tempo que morou no cemitério. Queria ser como o pai, mas desconsiderava os modos delicados e a sensibilidade que tinha ao tentar transformar-se numa aparência de si. Como se quisesse vestir uma camada de pele sobre a verdadeira pele, passou a beber. Também isso eu aceitei. Porque ele nunca perdeu a suavidade. Quando remexia na caixa dos desenhos à procura de uma imagem, falava de nossas alegrias e eu sentia uma calmaria quente no afundado entre os seios. Deixou tudo registrado. Cada dia, cada acontecimento, o que pensou, sentiu e desejou. Um homem terno que se deixou revelar por inteiro.

Depois da chegada das vacas notei a mudança de hábitos de Tia Rózsa. Coisa miúda, talvez despercebida para tantos. Ela passou a olhar para o longe de um modo diferente e a juntar folhas e sementes. Ficava muito tempo recolhendo as amostras, depois deixava-as secando perto do fogão e no dia seguinte separava umas das outras, embrulhando com cuidado num papel antes de colocar em sua pequena arca junto aos demais tesouros: pedrinhas, folhas secas, tocos de madeira, punhados de terra, pedaço do reboco da casa de Judith, pena de passarinho, pelo de bicho, retalhos de tecido, o pedaço do selim da bicicleta de Gedeon e tudo o mais que tinha guardado durante os anos de andança mundo afora. Arca de Noé, era como ela chamava aquele pequeno baú de madeira. Ajudei-a na coleta sem fazer pergunta. Mas no dia em que a vaca grande ficou parada diante da porteira da entrada do sítio, como a esperar o momento da partida, me dei conta do que estava acontecendo. Tia Rózsa iria embora da mesma maneira como um dia tinha chegado. Não avisou nem desavisou ninguém. Saiu de casa com o cesto de palha nas costas, o sorriso desdentado e um olhar que mirava o horizonte. Parecia alegre. Fomos andando com ela e quando demos nos limites do sítio, diante da alameda de eucaliptos, paramos, respeitosos. Tia Rózsa abraçou minha irmã mais velha e lhe passou a incumbência de cuidar dos bichos e plantas por todos nós. Da maneira que fosse. A mim, passou o bastão das histórias, que eu as contasse e recontasse vida afora. Da maneira que fosse. Minha irmã do meio não quis se despedir. Ficou olhando a distância, fingindo não se importar. Tia Rózsa acenou-lhe e pediu que eu lhe entregasse o pedaço do selim da bicicleta de Gedeon. De nós três, era a mais caprichosa e a que melhor cuidaria das relíquias da família. Parou diante de Rozália, trocaram olhar e consolo, e depois virou-se para o mundo. Dilatou as narinas puxando o ar ruidosamente, lambeu a ponta do indicador, estendeu-o no ar buscando a direção do vento e saiu caminhando. Depois dela ia a vaca com o cesto de palha no lombo. Um pouco mais atrás, Judith, cumprindo sua sina com os vestidos sobrepostos, a ladainha entre os lábios e talvez uma imprecisa sensação do já vivido.

    Nunca mais voltamos a encontrar nenhuma das três.

De todas as coisas que vivi no sítio, guardo cheiros misturados às lembranças. Um deles impregnou minha pele para sempre. O cheiro da casa de Tamás. Tinha apenas um cômodo. Da porta, demorei alguns segundos para me acostumar com a pouca luz e de repente me lembrei da história que contavam, que ele criava uma cobra dentro de casa, e senti medo de estar lá. Era a primeira vez que eu pisava na casinha de sapé. No chão, um aglomerado de palha fazendo as vezes de cama, na parede oposta uns panos pendurados num prego, ao lado um baú e, embaixo da janela, a mesa e o banquinho de três pernas. Tudo bem tosco e austero, como Tamás. Tinha quase 100 anos e estava muito fraco, mas se recusava a ir para o hospital, temia receber sangue impuro. Antes de me decidir sobre o que fazer, escutei um fio de voz tão baixinho, que precisei chegar bem perto e aí vi o corpo franzino, a cabeleira desgrenhada misturada à palha. O que ele dizia era incompreensível, talvez húngaro, talvez coisa nenhuma. Tentei lhe dar um pouco da água que eu tinha trazido, mas ele recusou. Insisti e ele virou a cabeça com determinação, apesar da idade avançada, ainda lhe restava vigor para sustentar o gênio irascível. O lugar tinha um cheiro estranho, quase pastoso, cheiro de fruta passada. Eu sabia que ele não queria ver ninguém, nem Gábor, seu melhor amigo. Mas eu estava lá por mim. Para me desculpar por todas as supostas maldades com ele, por ter levado coalhada para Ethel e por ter rido tantas vezes de sua língua roxa.

O quarto estava abafado, a pouca luz traduzia o fiapo de vida que restava. A respiração dele fazia um barulho áspero e fiquei tentando acompanhar o ritmo do ar entrando e saindo, em cada movimento a resistência da vida. Os olhos encovados, quase perdidos sob as grossas sobrancelhas, estavam fixos em mim e pareciam pedir alguma coisa. Água? Aproximei a moringa. Jamelão, ele sussurrou. Ele queria jamelão, mesmo moribundo seguia com a dieta naturalista. Corri até a beira do rio, subi no pé, peguei três frutos e voltei para a tapera. Espantei a vaca que se pusera diante da porta e entrei. O ar espesso parecia uma cortina a ser atravessada. Ele tinha fechado os olhos e a respiração já não fazia barulho, mas tinha um ventinho miúdo saindo do nariz. Falei que tinha trazido o jamelão, ele abriu a boca, eu abri a fruta e empurrei boca adentro. Foi tudo muito rápido e durou um tempo enorme. Quando abriu os olhos, vi felicidade e gratidão no olhar dele. E depois mais nada. Ele parou como se estivesse posando para fotografia. A fruta escorregou da boca e mostrou a língua roxa, como sempre ficava quando ele comia jamelão. Foi a última alegria de Tamás. Morreu feliz, tenho certeza.

Era cedinho quando a caminho do lago passei pelo buraco da piscina e escutei o barulho estranho, pensei em pio de coruja guardando o ninho, mas era som cansado, quase sumido. Espiei dentro do buraco e vi o bezerro de Lajos caído com as pernas esticadas, a boca entreaberta. Quando me aproximei, ele moveu a cabeça com esforço. Saí em gritaria pelo sítio, Lajos e Rozália vieram de imediato, mas não teve jeito, o animal já estava com os olhos esbugalhados para o nada. Meu pai e minha mãe fizeram a cova e no fim do dia enterramos o animal coberto pelos sacos de ração vazios. Repetindo a chegada das vacas no sítio, Lajos passou a noite no buraco da piscina, velando o bezerro. Queria consolo de bicho, mas o único cachorro que tínhamos na época, apegado à Rozália, era por demais independente para dar-lhe atenção. Lajos ficou alguns dias prostrado, engolido pelo padrão canino, a cabeça deitada entre os braços, as pálpebras descaídas. Era o seu jeito apegado que o deixava assim. Nunca suportou ficar sozinho.

Quando Rózi e minhas irmãs vieram de visita, levantou-se para fazer a refeição com a família. Bastou sentar à mesa para seu humor se abrir. Como luz que se acende no escuro, seu ânimo se iluminou todo ao olhar a amiga que Rózi trouxera. Durante o almoço era outra pessoa, nenhum sinal de abatimento, pelo contrário, falava sem parar, cheio de entusiasmo. Passou a semana seguinte trabalhando para Tia Maria. Limpou as floreiras, roçou o terreno, pintou de azul as molduras das janelas da casa e, como pagamento, recebeu a bicicleta de Imre que ninguém mais usava. Com o novo meio de transporte, passou a ir com frequência à cidade. Voltava sempre eufórico, falando sem parar e perguntando sobre tudo, a curiosidade de uma criança ao descobrir o mundo. Foi nessa época que começou a ler enciclopédia e dizer que teria que saber de tudo para poder formar família. Em pouco tempo trouxe a amiga de Rózi na garupa. Seu nome era Tereza, como a mãe dele, e também trabalhava na bilheteria no cinema, como um dia fizera a mãe de Lajos. De novo, o desenrolar do mesmo fio. A diferença era que esta Tereza era afável. Tio Luiz nunca mais ganiu nem se enroscou com bicho nenhum. Não demorou nada, se casaram e foram morar na cidade.

Coincidência ou não, os passos de Lajos mais uma vez determinaram o rumo da vida de Rozália. Aquelas foram minhas últimas férias no sítio. Estávamos apenas Rozália, József e eu. Anna sabatista vivia sozinha e não era de se relacionar. Tio Imre e Tia Maria tinham rompido relações com meus pais para nunca mais. Gábor, quando aparecia, só ia à casa de Imre. Juli e Agnes demoravam a vir. Todos os outros tinham morrido ou ido embora. O sítio se transformou num lugar de passado. Novos moradores estavam chegando e para eles a identidade que formáramos não significava nada. O sítio dos hungareses tinha virado lenda.

※

A gente se acostuma a muita coisa nesta vida. Mas pessoas irem embora é coisa que não dá tempo de se acostumar. Porque no lugar da pessoa fica o espaço que ela deixou e que só pode ser ocupado pela lembrança. O que resta é um vazio cheio de ausência. É como a porta de um quarto. Mesmo que fechada, do outro lado está o quarto. A gente vai vivendo até que um dia passa diante do quarto e resolve abrir a porta por um motivo qualquer. Quando abre, vê o vazio ocupando espaço. Todas as pessoas que partiram da minha vida deixaram um espaço tomado. Eu nem tive tempo de me acostumar com o vazio, já fui me preenchendo de ausências. Quando o sítio se esvaziou de pessoas, foi sendo ocupado pelos espaços que elas deixaram e virou uma terra de ninguém. A aldeia, eu nunca soube em que se transformou. Uma e outro são as pontas do novelo em que se desenrolou minha vida e o que está entre são como as águas de um rio que correm da nascente à foz. Meu viver, nascido na terra dos magiares, não teria outro lugar onde desembocar senão na terra dos hungareses. Depois de tudo fiquei assim, ocupada dentro e fora por essa extensão indefinida de lembranças e passado.

༄

Lembro-me do dia em que Tia Rózsa contou que os vazios que nos completavam eram recusa de entrega. Não era possível escapar do traçado de nossas vidas. O fio estava sempre estendido bem diante dos olhos. Virar a cabeça para não ver resultava em emaranhamento e depois era a trabalheira de procurar a ponta da meada. Podíamos dar voltas e voltas, puxar, repuxar, deixar o fio bem torcido, mas de nada adiantaria. Alguém ou alguma coisa o colocaria à mostra de novo. Tínhamos acompanhado a trilha das saúvas, uma picada de três dedos de largura, que cruzava o sítio e ia embora em direção à cidade, e paramos no final da alameda de eucaliptos. À frente, verdes de tonalidades variadas iam se diluindo até o horizonte. É daqui que em breve continuarei meu percorrido, ela falou. Daqui também partirá o teu traçado. Tudo dito de maneira simples mas definitiva. Escutei com a atenção de quem está perdido e recebe indicações precisas do trajeto a seguir. Apesar de não estar perdida. Por precaução, escrevi seus dizeres num pedaço de tecido da estamparia de Péter e enterrei no buraco da piscina. Um mapa do tesouro. Uma semana depois, Tia Rózsa cumpriu sua palavra e partiu. Se a vida era um emaranhado de fios, eu daria um jeito de encontrar a ponta da meada que me levaria ao encontro dela. Demorei a entender que eram os fios que nos puxavam e não o contrário.

No dia em que partimos do sítio, Rozália, József e eu, parei diante da alameda de eucaliptos e comecei a desenrolar a história da minha família, uma linha que eu vou costurando vida afora como atriz de teatro mambembe.

Parte IV

O dia está ensolarado e do camarim consigo escutar as pessoas no parque se aproximando para assistir ao espetáculo. Sempre que começo a me maquiar lembro-me do dia em que conheci Tia Rózsa. É uma lembrança que nunca perde o viço. Fecho os olhos e vejo, diante do portão de casa, a mulher vestida em andrajos, chegando com um enorme cesto de palha às costas e que, ao ver-me, se abriu toda na risada mais sonora que jamais ouvi. Mesmo já tendo escutado tanto a respeito dela, não poderia imaginar tamanho magnetismo. Fiquei enfeitiçada. O que senti naquele instante se repete toda vez que entro em cena, a mesma vibração quente no peito e na barriga. É como se ela estivesse debruçada no espelho, me espreitando. Quando piso no palco do caminhão transformado em teatro ambulante, é com igual surpresa no olhar que conto as histórias. E a cada vez descubro um novo fio que vai se entremeando ao relato e completando a urdidura de nossas vidas. Cumpro com leveza a herança que ela me deixou: perambular e narrar. Até que uma erva daninha se espalhe pela memória e transforme nosso passado num imenso e indistinto mato.

Köszönöm szépen a todos os húngaros que entrevistei e/ou me inspirei para escrever o livro

Rozália Simon Lakatos	José Abfalder
José Lakatos	Maria Köler Abfalder
László Lakatos	João Bartók
Judith Méhészkei Kiss Simon	Santina Lotufo Bartók
József Simon	Joana Bartók
Juliana Gal Simon	José Bartók
István Simon	Antonio Sereg
Rosinha Simon	Klara Sherer Sereg
Julio Csatlós	João Barzsina
Tereza Csatlós	João Carlos Barzsina
Nusi Csatlós	Miguel Carlos Kotroczo
Darcy Csatlós	Bárbara Lörencz
Dalva Csatlós	Ilona Takaes
Rosa Horváth	Pierre Balogh
Stefano Nágy	István Jancsó
Estherzinha Nágy	Gedeon Piller

Agradeço também a ajuda de

Fernando de F. L. Torres
Maria e Roberto Ferreira
Marília Montoro C. Santos
May Parreira e Ferreira
Ricardo Lahud
Roberto Cardoso dos Santos, em especial

A primeira vez que ouvi falar do sítio dos hungareses, que de fato existiu, fiquei fascinada com as histórias. Eram absolutamente originais e quase inverossímeis. Mais pareciam literatura do que a vida vivida. Uma das famílias me apresentou a outras, escutei mais relatos e fiquei tão envolvida que decidi contar a história deles. Entrevistei muita gente, moradores e descendentes, viajei à Hungria, comecei e parei de escrever várias vezes, muito tempo se passou, até que chegou a hora de finalmente juntar tudo e levar a cabo o romance. Apesar de baseado em fatos reais, é tudo ficção. Aos relatos, juntei a imaginação, deixei os personagens se intrometerem e o livro ficou pronto. Os nomes estão trocados, as histórias são inventadas, mas quem viveu no sítio ou conviveu com eles sabe que é tudo verdade.

Este livro foi impresso na Editora JPA Ltda.,
Av. Brasil, 10.600 – Rio de Janeiro – RJ,
para a Editora Rocco Ltda.